PROYECTO CTHULHU

PROYECTO CTHULHU, Primera Edición
Varios Autores

© 2020 Editorial Raíces Latinas, Domus Gothica

ISBN: 978-0-9600795-9-9

Selección y edición de textos: Hemil García Linares
Diagramación y diseño interior: Ángel M. Rivera
Ilustración de portada: Miranda García
Diseño de portada: Hemil García Linares
Coordinador editorial en Perú: Bruno Cueva Villafuerte

Editorial Raíces Latinas, Domus Gothica es propiedad intelectual de Hemil García Linares
editorialraiceslatinas@gmail.com

PROYECTO CTHULHU

un homenaje a H.P. Lovecraft
Editado por Hemil García Linares

Prólogo

En el libro "El horror sobrenatural en literatura" (anotado) de H.P. Lovecraft, el editor S. T. Yoshi comenta que es el tratado histórico más minucioso en el género, y pese a ello, académicos expertos en Lovecraft y la ficción de lo extraño no han sabido usar ese documento como se debería.

Basta darle una mirada al tratado de Lovecraft para ver el vigoroso análisis histórico y literario acerca de lo sobrenatural y el horror. La larga lista de autores es impresionante. Blackwood, Shelley, Radcliffe, Rice, Bierce, Dunsany, Maupassant, Hawthorne y Poe, entre otros. Asimismo, el autor se ocupa de los inicios del cuento de horror y la novela gótica. Lovecraft dedica un capítulo especial a Edgar Allan Poe. Al igual que Poe en su "Filosofía de composición", y quizás de manera más extensa, el maestro del horror cósmico ahonda en los elementos de la ficción analizando a autores y novelas referentes de la literatura de horror: *Los misterios de Udolpho, Frankenstein, o el moderno Prometeo* (1818). Además, cita a cuentos como "La caída de la casa Usher", "Metzengerstein" (Poe) y "El horla" de Maupassant, solo por mencionar algunos textos.

Con tal conocimiento teórico sumado a su dotes de narrador e investigador (Lovecraft escribía artículos de astronomía a los dieciséis años) no es extraño que junto a Poe, ambos se erijan como dos de los escritores más representativos del género.

Mención aparte, es relevante resaltar a la autora Mary Shelley, pues con *Frankenstein, o el moderno Prometeo* emerge con la primera novela gótica de horror con elementos de ciencia ficción. Shelley crea con *Frankenstein* un texto único para su tiempo y con el cual marcó un hito en la narrativa si hablamos de géneros híbridos. A ello habría que añadirle los méritos literarios de la novela en sí, pues de manera evidente los tiene.

Proyecto Cthulhu, un homenaje a H.P. Lovecraft es una antología que reúne a autores hispanoamericanos de Perú, México, Puerto Rico, España y Estados Unidos, quienes muestran una clara influencia y admiración por el maestro del horror cósmico.

H.P. Lovecraft ha comprometido e inspirado a muchos a seguir la tradición Lovecraftiana recreando historias de horror en los que el tiempo, los monstruos ominosos y/o deidades como Dagón, Nyarlathotep, Shub-Niggurath o Cthultu, los astros, las ciudades perdidas, lo senderos que se entrelazan y bifurcan, crean un nuevo orden y caos universal: el mundo Lovecraft.

Respecto a ese universo, el narrador mexicano Alberto Chimal ha dicho: "en cuanto a Lovecraft, yo creo que tiene sentido leerlo, o al menos apreciar la enorme influencia que tiene en la cultura popular, porque esa influencia es realmente muy vasta, no va a desaparecer en largo tiempo y apunta por igual a zonas oscuras del pensamiento humano que a posibilidades del arte y la literatura que nos son necesarias en esta época. En sus mejores momentos, la obra de HPL intenta conciliar el pensamiento racional con la conciencia de nuestra pequeñez en el universo, y puede darnos herramientas para pensar en nuestra existencia y nuestro futuro de forma menos arrogante".

Es evidente que esa "pequeñez en el universo" es la que prefigura el horror cósmico de Lovecraft, y partir de esa premisa, podríamos afirmar que esa nebulosa envolvente es una característica acuñada y única del gran prosista de Providence.

Los textos que componen esta antología revelan el universo de Lovecraft por medio de la atmósfera, una conexión intertextual y quizás por la evocación de las criaturas que habitan el terrorífico *corpus* de la obra del escritor y ensayista.

Disfrutemos, pues, el homenaje que en Proyecto Cthulhu estos escritores hispanoamericanos le hacen al maestro H.P. Lovecraft, tanto por su importante legado como crítico literario, al igual que por su vasta prosa, tan apreciada por los que animosos seguimos la senda de la literatura de horror.

Hemil García Linares
Editor

Cuerpo

Alberto Chimal

Alberto Chimal (Toluca, México, 1970) es escritor y profesor. Entre otros reconocimientos, en 2002 obtuvo el Premio Nacional de Cuento y en 2014 el Premio de Narrativa Colima; en 2013 su novela *La torre y el jardín* (Océano, 2012) fue finalista del Premio Internacional de Novela Rómulo Gallegos, y en 2019 su libro para niños *La Distante* (El Naranjo) recibió el premio internacional de la Fundación Cuatrogatos. Ha escrito novelas como *Los esclavos* (Almadía, 2009) y *La noche en la zona M* (FCE, 2019), así como una veintena de libros de cuentos, de los que el más reciente es *La mujer que camina para atrás* (UNAM, 2020). Ha impartido cursos y talleres en México y otros países.

Proyecto Cthulhu

Si una cosa ama, es infinita.
William Blake

ábado
Nos acostamos, lado a lado, y le digo:
—Cris.
Y Cris me responde con besos.
—Meñi —me dice. Es abreviatura de "Meñique". Nuestros apodos íntimos, los que nadie más conoce, evolucionan—. Mi Meñi —y pone sus manos sobre mis mejillas y mueve sus palmas hacia mi cuello, y eso es suficiente para que mi cuerpo anticipe lo que vendrá. Para que lo sienta. Mi cuerpo se adelanta a mi cuerpo. Tiemblo. Digo, de pronto:

—Qué bueno que ya nos desvestimos —porque tengo la costumbre de decir tonterías en estos momentos. Algo sigue dándome miedo, muy adentro. A lo mejor es mi cuerpo. Tanto esfuerzo por no sentirme mal en mi propio cuerpo, ni con nada de mí, y para qué. Esto lo pienso. Es un destello de otra forma de miedo, que no alcanzo a expresar.

Cris me impide hacerlo con otro beso. Miro la luz anaranjada que entra por la ventana y nos alumbra la piel, las manos, los brazos y las piernas. Vuelvo a distraerme por un instante: pienso una frase de canción de amor, que ahora dejaremos de ser dos, que aquí habrá un solo cuerpo. Cris se reiría tanto de mí.

Luego, aunque sea por poco tiempo, no pienso en nada más.

Domingo
Cris dice que ese apodo (la forma actual del mismo) le gusta más que los nombres que le dieron sus padres. Es una marca de orgullo. Desciende de una maldición que su madre le dedicó muchas veces y que ahora nos da risa. "¡Cristo Vengador, descarga tu ira y tu rigor!", decía, porque Cris era una criatura pervertida, alejada de Dios, la vergüenza de toda la familia. Después de conocer la historia, yo pasé varias semanas usando el nombre completo ("¡Cristo Vengador, ven, la cena está servida!") y luego dejé que se fuera desgastando.

Va a dar la una de la mañana. Cris ya se ha tapado con su mitad de la manta y a mí pronto me ganará el sueño. Me incorporo un poco para tirar de la cortina y tapar la ventana. Mi cuerpo ya se ha calmado. Otra vez se ha quedado a solas, pobre, pero está en ese vacío feliz que se llena del cansancio profundo: la modorra que sigue del placer como una amiga amable, puntual, enfadosa.

Tiro de una esquina de la cobija y abrazo a Cris. Beso el cabello sobre su nuca. Antes de dormirme por entero siento algo raro. Una especie de comezón en un dedo. El meñique (justamente) de la mano derecha.

Lunes

Después del desayuno, Cris se va a su trabajo. Yo lavo los platos, riego mis plantas y enciendo la computadora para empezar a trabajar. Tengo que traducir el manual de un medidor de frecuencia cardiaca para perros. No sé nada de veterinaria (y menos en inglés) y además odio a los perros. Pero al menos no tengo que ir a una oficina como Cris: en nada nos parecemos menos que en la capacidad de relacionarnos con otras personas. Por suerte tengo a alguien que me comprende y me saca a pasear y ver rostros humanos de vez en cuando.

Me siento ante el teclado. Yo estudié mecanografía y uso (casi siempre) los diez dedos en las posiciones adecuadas: a la hora de escribir la primera letra p, siento un poco de dolor. Recuerdo la sensación rara en mi dedo en la madrugada del domingo. Durante todo el día no volví a pensar en ella. Ahora me toco. Tal vez sea una ampolla. No veo nada raro en la punta del dedo. En la siguiente hora, el dolor aumenta poco a poco. La traducción ya empieza a ser urgente, así que paso el resto de la mañana escribiendo con nueve dedos. Hago una pausa a mediodía y pongo la yema del dedo sobre un trozo de hielo. Duele menos cuando no presiono.

Reanudo el trabajo. Hago una pausa para comer. Vuelvo a ponerme hielo. Sigo trabajando. Todo es un poco incómodo. En un momento me da la impresión de que tengo una segunda sensación extraña, pero no en el dedo sino en el brazo, cerca del codo. Puede ser que haya cambiado levemente de posición por no moverme como acostumbro.

13

En la noche llega Cris y cenamos. Empiezo a hablarle de mi dedo meñique.

—Espera al menos a que termine mi café —me dice, con un guiño y una sonrisa.

—No, no, no estoy hablando de sexo —contesto.

Ahora lo que me parece extraño es la expresión en la cara de Cris. ¿Le respondí con demasiada brusquedad? Hago eso a veces y yo soy Meñique por una razón mucho más íntima que el Cristo Vengador. Mi mamá diría que es una razón obscena. Por eso ya no veo a mi mamá.

Martes

En la madrugada me despierta el dolor en el dedo. Es más intenso que antes. Apenas pasan de las cuatro. Debería ir al baño por un analgésico, pero me da miedo despertar a Cris. También pienso que el dolor debe pasar.

Cuando nos levantamos, el dolor persiste. Cris se preocupa cuando le cuento. Como anoche, otra vez me pregunta:

—¿De verdad no te hiciste daño mientras teníamos…? —y no acaba. En general me enternece ese recato fingido, pero ahora no logro sonreírle.

—No. De verdad, es otra cosa.

Mira mi dedo y se asusta. Yo también. No había notado que hay una mancha verde en la punta. No, no es una mancha. Es algo duro que se abre paso desde el interior, a través de la piel, como un trozo de uña.

Miércoles

Cris falta a su trabajo para acompañarme con el dermatólogo. Le agradezco mucho. Se lo digo varias veces mientras avanzamos por la calle en el taxi.

—Puedo trabajar, pero sí me cuesta un poco más —le explico al doctor, cuando ya estamos en el consultorio—. Uso mucho la computadora.

—Escribe con los diez dedos —presume Cris.

—Aunque ahora sólo puedo usar nueve, claro.

El doctor anota mis datos en un nuevo expediente. Noto que mi aspecto y el de Cris lo turban, pero aguanta y no dice nada. Me da gusto. El tono de todas sus preguntas es impersonal.

Siento mucho dolor cuando intenta cortar un trozo de… lo que tengo en el dedo. En realidad no es algo que sobresalga como una uña. Está muy enterrado. Mejor dicho, viene de muy adentro. Como una espina. Diría "un cuerno" si no estuviera saliendo de mi dedo más pequeño.

Cris me acompaña a hacerme las radiografías que me pide el doctor. A los análisis tendré que ir mañana y en ayunas. Me tomo dos analgésicos.

Los analgésicos apenas me han hecho efecto cuando volvemos a casa. Tengo que volver a trabajar. Cris se ofrece a ayudarme pero (le recuerdo) sólo tenemos una computadora en casa. Discutimos. Finalmente el dolor no me deja trabajar y Cris toma mi lugar durante el resto de la tarde.

Cris odia a los perros mucho más que yo.

Jueves

Al laboratorio llevo la mano derecha metida en un guante de hule embarrado, por dentro, de ungüentos. Me da vergüenza descubrirla para la radiografía. Ahora, la cosa –lo que sea que me brota de la punta del dedo– sí parece definitivamente una espina. Una espina verde. Sigue doliendo, y ahora la molestia llega hasta el hombro. Por otra parte, el dolor se ha vuelto sordo, más un adormecimiento que una punzada. No son únicamente las pastillas que he seguido tomando. No he querido mencionarle a Cris las enfermedades en que pienso. Ya es bastante con ver la cara que tiene al marcharse a su trabajo.

(Otra vergüenza: al despedirnos, hace rato, me dio por preguntarle si no había sentido nada raro el domingo o en noches anteriores. Y Cris se ofendió. No era mi intención que se ofendiera.)

La técnica que me toma las radiografías me mira con la misma inquietud y menos discreción que el dermatólogo. Desde que le di mi nombre (el "oficial", por supuesto) se puso así. Me siento vulnerable, como si me viera a través de una lupa. Cómo odio volver a sentir eso. Salgo del laboratorio.

15

Desayuno en un café cualquiera. Me cuesta comer los huevos revueltos y sopear el pan usando sólo la mano izquierda.

De camino a la estación del metro, me detengo afuera de una tienda cerrada y abandonada. No sé por qué me detengo. Tampoco sé por qué me acerco a una pared, sucia, cubierta de grafitis.

Sobre la superficie de la pared, entre las manchas de pintura, hay otra, de limo negro.

De pronto, siento una comezón enorme. También es distinta de la del domingo. No es parte del dolor sino que se sobrepone a él. También a mi voluntad. Me obliga a quitarme el guante. Lo dejo caer. Acerco la mano a la pared.

Viernes

Poco a poco me doy cuenta de todo.

—¿Dónde estabas? —pregunta Cris, y sé que no es la primera vez.

También sé que es mediodía. Lo comprendo. Más precisamente, va a dar la una de la tarde.

Veo la hora en un reloj que está en mi mesa, junto a mi computadora.

Estoy en nuestra casa. Nuestro departamento: decimos "casa", como cualquier otra persona, para referirnos al hogar.

¿Dónde estuve entre la mañana del jueves y este momento? Veo que Cris tiene lágrimas en los ojos. También veo los rastros de lágrimas más viejas en su cara. Ha llorado varias veces. Ha llorado por mí. Está de rodillas. Ante mí. Cerca de mí. De mi cuerpo.

Miro mi cuerpo. Está sentado en un sillón junto a mi mesa. Este último pensamiento me da miedo. ¿Estoy sintiendo algo distinto de mi cuerpo? ¿Estoy sintiendo que mi cuerpo es distinto de mí?

Miro mi cuerpo. Está vestido. Llevo ropas. Las ropas que llevaba ayer, jueves. Pero están sucias. Muy sucias. Parece que llevara fuera no un día sino una semana. En especial los pantalones están sucios. Huelo mal. Estoy recordando que vine aquí, aunque también podría ser que estuviera recordando alguna de las muchas otras veces que llegué a casa.

No. Vine aquí. Me trajeron. Me trajo Cris. Cris me encontró en un lugar. Un lugar con nombre. El Ministerio Público. Eso. Yo estaba en un cuarto, encerrado.

Alguien me encontró junto a la tienda abandonada, me llevó al Ministerio Público y me encerró en un cuarto.

Antes me metió en un coche. Para llevarme al Ministerio. Recuerdo que cuando tenía seis o siete años, y apenas empezaba a leer, leí la frase "Ministerio Público" en alguna parte, pero entendí "Misterio Público". Me hizo reír. Luego olvidé que me había hecho reír.

Creo que me está pasando algo.

Lo podría decir.

Ahora recuerdo que en el Ministerio yo miraba la pared. Una pared. La que estaba más cerca de mis ojos. Era limpia y era blanca. No era la pared junto a la que me había quedado el día anterior. Supongo que la miré desde que me encerraron. Todo lo que llevaba este día. Entonces llegó Cris.

Abro la boca para decirle algo, pero no digo nada. No sé qué decir. Recuerdo todo. Ahora recuerdo todo. Recuerdo que toqué con mis manos la pared sucia. Puse mi dedo sobre el limo negro. Mi dedo meñique. Entonces dejó de doler. Se debió a que la espina terminó de salir del interior del dedo. Y la boca de la espina se abrió, porque tenía hambre.

Pero "espina", "boca" y "hambre" no son las palabras adecuadas. No sé qué vive en mi dedo, no sé cómo nombrar los tres segmentos (pétalos) (labios) en que se divide su punta, y que se separan unos de otros, y tampoco sé cómo describir lo que desea, ni cómo sé que es un deseo.

¿Es un deseo? ¿Fue un deseo, hace rato? Hace rato, antes de que perdiera la conciencia. La boca de la espina acarició el limo negro. Comió un poco, o lo besó y le dejó un poco de su propio color.

Y yo sentí algo en la punta del dedo. O la espina lo sintió. Lo sintió en sus propios labios, en su tallo verde, en su raíz profunda, que corre por mi mano y mi brazo y llega a no sé dónde en mi interior. Ese otro cuerpo dentro de mi cuerpo sintió un placer enorme, que no llega a los órganos que yo conocía, que explota (se derrama) (se libera) (fluye) (entra) (sale) de maneras distintas a todas las que me habían tocado sólo a mí, al cuerpo que antes era yo.

Al cuerpo que antes era todo yo.

Perdí la conciencia porque fue más intenso, Cris, más intenso y potente y más todo que cualquier cosa que me puedas hacer. Lo lamento, Cris. Me da mucha pena, Cris. "Dime algo", me pides, oigo que me lo pides ahora, en este lugar que era nuestra casa, pero no te puedo decir nada porque no hay palabras para esto. Para lo que me sacudió. Para lo que me dio el limo negro de la pared sucia. Para lo que me dio la espina. Estuve ahí todas estas horas, hasta hace muy poco. Estuve de pie, primero, y después me caí. Es que después del placer vino algo que es distinto de lo que me daba contigo, Cris, de la modorra. Tal vez se ha ido. Vino a mi cabeza. A la cabeza. La gente pasaba al lado de mí sin voltear a verme.

Ah, y huelo mal porque mis intestinos (los intestinos de mi cuerpo) (los intestinos del cuerpo que antes era la totalidad de Meñique) se vaciaron todos sin que yo me diera cuenta. Antes. Antes de después. Así de largo fue el placer.

Cierro la boca y vuelvo a abrirla para que Cris tenga un poco de esperanza, para que piense que intento hablar, explicarle.

Hacerlo me da un momento para recordar el placer que se volvió perfecto, que echó fuera de mi conciencia todo lo demás, que echó fuera mi propia conciencia. Que me vació y luego me llenó de otra cosa. No sólo placer. No sólo lasitud (torpor) (restos del placer) (disolución).

Con el placer estaba...

—¿Qué? —dice Cris— ¿Qué pasó? Dime algo. No has dicho nada. ¿Qué pasó?

Eso. Qué.

Otra conciencia.

U otra cosa, que sólo puedo entender como conciencia en este cuerpo, que a su vez sólo puedo entender como mi cuerpo, mi cuerpo con otra cosa, aunque tal vez ya todo esto, Meñique y la espina y los labios y los órganos nuevos, sea distinto de un cuerpo.

Vi. Vi cosas. Vi una esquina oscura, en otra ciudad, en la que una sola pata de perro negro, sin el resto del perro, tiembla y se agita. Vi una nube amarilla que revolotea sobre una montaña devastada, a kilómetros de la carretera más cercana. Vi cristales, o pequeñísimas espigas, que crecen en los restos de un avión o un barco, hecho pedazos sobre un peñasco en medio del mar. Vi el vientre de una mujer, hinchado por algo rojo que se asoma bajo la piel, y supe que está allí desde que ella era una niña, y que a ella le parece bien que haya crecido en lugar de sus brazos.

Los vi y los veo. Cierro los ojos y los veo. Los veo junto con muchas otras cosas, o seres, o cuerpos. O partes de un cuerpo.

—Meñi —dice Cris, y desespera—. Meñi —vuelve a decir, y luego, como para insistir en lo que siente, mi nombre.

Pero yo no respondo porque estoy pensando en esas partes, partes que están juntas aunque estén separadas, partes que se hablan, que me hablan. Que son.

—Háblame por favor —dice Cris, y otra vez empieza a llorar.

Sábado
Partes que somos.

Cris me bañó. Bañó mi cuerpo. Esta parte del cuerpo. Qué pena.

Me puso una pijama. Me acostó en nuestra cama. Se durmió junto a mí. Qué bello es decir eso. Junto a mí.

—Junto a mí —digo. Cris no me oye. En estos dos días, mientras esperaba y me buscaba, apenas debe haber descansado. Ya no podré decir esas palabras. ¿Qué es "mí"?

Bajo de la cama. Cris no se despierta. Salgo de la casa. Salgo del edificio.

—Perdón, Cris, mi amor —digo, pero ya estoy en la calle y la calle está vacía, y Cris nunca podrá escucharme—. Quisiera que pudieras venir. Quisiera que también fueras yo.

Esto que digo me inquieta. El sentir que algo me inquieta, me inquieta. Inquieta a esta parte que soy, y también a la nube en el desierto, al charco y su pata de perro, al rojo bajo la otra piel. Al limo negro en la pared. A todo lo demás. Eso que somos o que soy no usa palabras, pero puede sentir inquietud. Eso que está conectado, que es un cuerpo repartido en muchos lugares y muchas porciones de muchas carnes. Tal vez pronto no haya necesidad de inquietud ni de palabras. Ahora esto, Meñique, las necesita todavía.

Creo que la persona que me levantó de donde estaba el otro día (que levantó a esta parte) me dijo (le dijo) alguna cosa. "Estás drogado", me dijo. O "Estás drogada", no sé. Luego me llevó al otro lugar. Ahora llego a la avenida. No traigo zapatos. Camino.

Camino varias horas.

También creo que el cuerpo puede estar creciendo: dejando partes de sí en diferentes lugares, como por ejemplo el cuerpo de Meñique, para crecer poco a poco.

O tal vez no busco crecer, sino recomponerme: ser quien era antes, hace mucho tiempo. Ser todo aquello que ya conozco y más que aún no me toca, que no ha hecho contacto. Que no tiene los límites de los otros cuerpos. Que vive de otro modo.

Llego a las afueras de la ciudad. Meñique llega a las afueras de la ciudad. Camina por el borde de la carretera. Hay quienes miran con extrañeza su cuerpo cubierto de tela, su caminar, su cara. Pero esos seres miran desde sus coches en movimiento, miran deprisa, miran poco.

Me alejo de la carretera. Estoy buscando.

Meñique pasó por mucho en el pasado. Pasó por descubrir quién era. Pasó por conocer a Cris. Pasó por dejarlo todo, todo lo que tenía en aquel momento, para estar con Cris. Es una pena que Cris no pueda estar aquí. Pero tal vez entendería. Esto también será vivir de otro modo. Esto también es que mi cuerpo se adelante a mi cuerpo.

Estoy buscando la atracción de la pared de limo, pero en otro sitio.

Hay una cerca delante, entre altas hierbas.

—Cerca, delante —digo. Me dan risa las palabras. Risa.

El borde de una propiedad. Hay una zanja en el borde. Hay un desagüe que llena su fondo.

En una de las paredes de la zanja, entre la tierra, algo se asoma. Lo siente la boca de la espina del dedo de la mano del brazo de Meñi, Meñi que no sabía, que ahora sabe, que estuvo lejos toda la vida.

Que podría decir, y que dice:

—Que estuvo lejos toda la vida y ahora quiere volver.

Lo que se asoma por una grieta en la zanja es otra espina. Otra boca. Meñique se arrodilla en el agua sucia. El sol brilla sobre su cabeza. Hay químicos en el agua, el olor le llena las narices, pero no le importa.

La boca en la espina besa a la otra boca.

El placer llena a Meñique, que poco a poco se deja caer, se relaja y se deja resbalar hacia el agua. Su cara toca el agua. Su cabeza se sumerge en el agua.

En unos meses habrá desaparecido en la grieta de la tierra, en el agua, en el resto de su cuerpo. De mi cuerpo.

Mi cuerpo, todo mi cuerpo, siente el placer, que abarca todas sus partes y anticipa todo, todo esto que vendrá.

Dentro de ti

Alexis Aguirre

Alexis Aguirre Rivera, natural de Ponce, Puerto Rico y residente de San Juan. Estudió en el Colegio de Cinematografía, Artes y Televisión y la Universidad del Sagrado Corazón. El cortometraje Cielos Negros, adaptado de la obra literaria de Eïric Rïchter Durändal Stormcrow, fue galardonado en los Premios Latinos de Marbella. Es estudiante rebelde de la maestría en Creación Literaria, de la USC. Publicó sus escritos en antologías como Laberintos de Editorial Raíces y No cierres los ojos de Libros Eikon. Ha publicado, además, en la Revista Digital Trasunto. Publica de manera autónoma Dos Lunáticos y Crónicas Chichables.

A J.J. Montalvo, el desconocido.

Tal vez esto era incorrecto. Dormir entre los brazos de un desconocido, pero si nos ponemos a pensar veinte veces cada propuesta que nos hagan, nos estancamos y la humanidad se arruinaría. Es mejor disfrutar una semana y sufrir dos que no saber lo que pudo pasar.

La soledad y la tristeza me llevaron a aceptar tú invitación. Conocernos al fin en persona y si todo salía bien, dormir juntos. Nada sexual. Al menos solo un beso.

Cómo breve recordatorio de lo que fue nuestro primer encuentro: llegué a tú casa dejándome llevar por el confuso GPS de mi teléfono celular, justo cuando ibas a llevar un dinero a su familia del pago de un préstamo de la nueva casa… (me di cuenta de que no eras lo que aparentabas en tus redes sociales. Buscabas ser parte de un pequeño círculo homosexual superficial, recién descubierto por ti. Noté que lo hacías para ocultar tus inseguridades y todo el rechazo que has sufrido. ¡Pobre niño! Pero hay que dar oportunidades. Tal vez había algo dentro de ti que valiera la pena). Entre tú amigo y nosotros dos terminamos de limpiar la casa. Me bañé, y luego mientras te bañabas, socialicé hasta que saliste y te diste cuenta de que me estaba quedando dormido. Fuimos a la habitación y nos acostamos.

Luego de unos primeros besos tiernos me cobijaste entre tus brazos para dormir y fue cuando comenzó lo inesperado. Quedé completamente dormido. La serenidad invadió mi cuerpo. No me podía mover ni abrir los ojos; solamente respirar y sentir cómo las ráfagas del abanico trataban de penetrar las sábanas que nos cubrían.

De tus extremidades inertes que me acorralaban comenzaron a salir unos tentáculos gruesos, viscosos, húmedos y calientes, como de un Kraken. Poco a poco me fueron envolviendo y sujetando hasta inmovilizarme por completo. Empecé a asustarme, pero no podía hacer nada.

Esperando salir de esa pesadilla, percibí otros tentáculos más delgados. Fueron acariciando mi nuca y quemando mi piel. Mientras moría de dolor, olía la peste a carne humana frita e imaginaba que nos envolvía la humareda dentro de las sábanas. Entraron por mis oídos, boca, ojos, y, al hacerlo por mis fosas nasales, desfallecí al impedírmseme la respiración.

Respiré con brusquedad, luego de un temblor corporal. Seguía entre tus brazos y debajo de las sábanas. Sentía el sudor de nuestros cuerpos y la luz de la mañana delataba los vellos del brazo que me servía de almohada. Te moviste al darte cuenta de mi despertar y tus delgados labios me dieron un viscoso, húmedo y caliente beso en la nuca.

Cohoba para un arijua

Ángel Isián

Ángel Isián (1984) Natural de Santa Isabel, Puerto Rico. Es el autor del poemario La casa de los espejos (2013), y el libro de cuentos de horror El cuco te va a comer (2020). Es coator y editor del poemario en conjunto Cuerpos en la pared (2014) y es editor de No cierres los ojos: antología de relatos de horror y terror (2016) y No cierres los ojos 2 (2019), junto a Melvin Rodríguez-Rodríguez. Además, es cofundador de La Liga de Poetas del Sur y miembro del PEN de Puerto Rico. Reside en Philadelphia donde labora como profesor de inglés.

 a voz de mi hermana Sandra era lo único que me ayudaba a dormir cuando mami murió. Gracias a ella nuestro hogar no se desboronó mientras papi se perdía entre el trabajo y la bebida. Se ocupó de que nos dejara dinero para la escuela, comprara los víveres, nos llevara al cine y me ayudara con las asignaciones. A pesar de su edad, supo no dejar disolver nuestra familia. Por eso, cuando me enteré de su muerte, quedé destruido. Ella y varios de sus amigos universitarios acamparon un fin de semana en la Reserva Nacional de Toro Negro. Durante su última noche, cinco de ellos fueron asesinados y solo sobrevivió uno llamado Uriel. Según salió información del caso durante los siguientes días, ante la falta de otro sospechoso, las acusaciones cayeron sobre él. Los mismos medios especularon de su culpabilidad. Y yo que en la crudeza de mi pérdida necesitaba señalar a algún culpable, también sucumbí a esa creencia y no deseaba nada más que verlo preso o muerto.

Todo apuntaba a una acusación formal y a una sentencia, pero de la nada se determinó insuficiente la evidencia y la fiscal a cargo del caso retiró los cargos. A pesar de proyectarse acérrima creyente de su culpabilidad, defendió su decisión con la misma vehemencia. Me estuvo inaceptable que le retiraran los cargos sin haber identificado a otros sospechosos, e ilógico cómo el caso desapareció de los medios al igual que Uriel. Él evitaba salir en público, y no se dejaba entrevistar. Las pocas veces que apareció en cámara, tenía gafas oscuras, gorra, mirada esquiva y una sonrisa perversa como si tuviera algún chiste rondando su cabeza. Me resultó perturbador que tras perder a cinco amigos y ser acusado de asesinarlos, pudiera portar semejante sonrisa en sus breves momentos frente a las cámaras. Decidí que debía confrontarlo y sacarle la verdad.

No fue difícil encontrarlo. Descubrí que después del escándalo se mudó a Guayama dónde se proponía recomenzar su vida. Llegué de noche hasta su casa y su madre me indicó que lo encontraría en el Bosque de Aguirre, cerca de la entrada del barrio.

Al llegar, la entrada estaba desolada. Me perfumé con repelente y me llevé una linterna portátil para combatir los mosquitos y la oscuridad. Me trepé a un tablado que ayudaba a cruzar los canales entre los mangles y seguí la vereda. Una vez me adentré en lo profundo del bosque, me sobrecogió un sentimiento de terror al ser absorbido por un silencio repentino. Fue como cruzar la fina barrera entre una realidad y otra superpuesta o coexistente. También noté algo inusual en la coloración y forma de la vegetación. Vi espacios donde no reconocía ciertas pigmentaciones antinaturales. En su lugar se produjeron vacíos donde se reflejaban gamas prismáticas suplantando los rubores mustios del verde nocturno de la reserva. Al seguir cauteloso, creí marearme, pero mi cuerpo caminaba firme, mi mente aguda. Sin embargo, el suelo tenía la apariencia de desplazarse como si no fuera más que un aura gaseosa. Ocurría solo frente a mis ojos, por lo que mi cuerpo no se sentía extraviado. No sabía cómo procesar la experiencia y mis nervios me dejaron expuesto al miedo de lo desconocido.

Tras pasos lentos, intensas palpitaciones y repetidas miradas sobre cada hombro, llegué a un tablado que conducía al centro del pantano. Ahí el bosque se abrió, revelando el cielo sobre los mangles. Tuve que detenerme en un área de observación que posaba sobre una laguna escarlata. Para mi terror, algo me observaba desde el agua. Podía jurar ver a los retoños de los mangles retorciéndose en un vaivén gelatinoso semejantes a tentáculos extendiéndose hacia mí. También observé miles de ojos alumbrando la oscuridad líquida. Un lamento hecho de leña y malicia se coló entre los árboles al sacudirse en el viento, quebrando el silencio con sus crujidos agónicos. Según movían, giraban y entrelazaban sus finas ramas, se juntaron para formar rostros grotescos, implorando y a la vez condenando mi presencia. Según aguanté mi respiración para no producir más ruido del necesario, lo vi: una sombra monstruosa que cubrió el cielo con una figura semejante a un perro, con cuencas de ojos vacías y un enorme hocico desde donde le sobresalían colmillos gigantes. Tenía cuerpo de hombre, pero cubierto por un manto de pelo negro. Alas de murciélago colgaban desde su espalda y al abrirlas, todo quedaba en sombra, hasta los colores y descolores del aura gaseoso que permeaba en el mundo prismático donde me hallaba. Traté de retroceder, pero el terror del momento me ancló al tablado.

El can gigante posó de rodillas a una distancia incómodamente cercana y acercó su hocico a una torre de observación al otro lado de la laguna. Su hocico se abrió como si no tuviera quijada. Del abismo resultante llovieron incontables cuerpos sobre el pantano. Al caer, un coro de risas inundó el lugar. Los cuerpos se levantaban según caían y al son de su carcajeo se perdían en medio del agua infestada de ojos y tentáculos más allá de las ramas-rostros de los mangles. El perro hombre no cerró su hocico hasta que brotó uno que cayó en la torre de observación. Cuando se levantó la persona, el hocico del gran perro se cerró y la lluvia de cuerpos cesó. La melodía de risas de aquellos que cayeron menguó según se perdían entre la espesura del pantano.

Entonces, mi visión me volvió a traicionar. Los colores brillantes cedieron a los tonos opacos de cuando arribé al bosque. La oscuridad volvió a filtrarse junto a los sonidos típicos de una noche isleña. Los rostros, ojos, tentáculos, el perro gigante, las risas y los cuerpos, todos cedieron a la nada. Solo quedó como evidencia de la macabra visión la persona sobre la torre. Estaba desnudo. Era un muchacho más o menos de mi edad. Lo vi agarrar un bolso de entre las sombras. Sacó ropa de ahí, con la que se vistió.

Un mensaje de texto me llegó en ese momento. El ruido de la notificación resultó estruendoso en medio del silencio. El individuo lo escuchó y miró de inmediato en mi dirección. Entré en pánico al saberme descubierto. Lo escuché reír como los otros cuerpos de mi visión absurda. No apartó su vista de mi según fui retrocediendo, tratando de escapar. *Es él*, pensé. *Tiene que ser Uriel*.

Una voz burlona habló desde un punto no definido del manglar, pero que sentí susurrado en mi oído. *Ten cuidado arijua. La muerte y la locura están más cerca de lo que piensas.*

Busqué de dónde venía la voz, sin éxito. Luego vi a la persona saltar desde la torre al suelo y perderse entre las sombras. Dudando de lo que experimenté, y con mi sensibilidad humana superando mi deseo de venganza y respuestas, crucé hasta la torre para asegurarme que estuviera bien. ¿Y si es inocente y ya no puede con el peso de ser el único sobreviviente? Quizás solo necesita que alguien lo entienda, razoné. Pero, al llegar, no encontré un cuerpo roto y ensangrentado; nadie estaba ahí. Di la vuelta hasta donde el sendero se conectaba con otro camino. Lo vi más allá, bajo una estrecha franja de luz. Finalmente pude reconocer su rostro. Uriel me sonrió con su rostro malévolo. Me guiñó y lo siguió de largo.

—¡Uriel, espera! —estaba a punto de correr tras él cuando sentí una mano sobre mi hombro. Se me escapó un grito y caí al suelo al intentar escapar de quien me tocó. Frente a mí se erguía un hombre alto, descamisado, pero con una capucha amarilla cayendo de sus hombros. Portaba un aire de autoridad y magnificencia. Atlético, delgado, oscuro y hermoso, el hombre posó sonriendo mientras yo temblaba, balbuceando de espanto.

—No temas, niño. No voy a lastimarte. No podrás alcanzar al mensajero de Maquetaurie Guayaba. Ni yo mismo he logrado seguirlo cuando cruza entre mundos. El plano de los cemís me resulta escurridizo. No tengo dominio sobre las fibras dimensionales que separan ese mundo de este y no es posible alcanzarlo a través del plano onírico.

—¿Quién eres? No sé de qué hablas.

—He acumulado muchos nombres a través de los siglos, pero me puedes llamar Behique. El que llamas Uriel, vive entre dos mundos. Este mundo temporal y el plano de los cemís. Para alcanzarlo, necesitas cruzar, mas no en cuerpo, sino en conciencia. Conozco de un rito que te permitirá lograrlo. A mí no me funciona. Mi mente no es igual a la tuya, pero a ti te funcionará.

—¿Y si no quiero cruzar?

La sonrisa de Behique se tornó siniestra. Su figura pareció de momento volverse más alta, tentáculos de neblina oscura lo rodearon. Los tentáculos se agrandaron y expandieron hasta cubrirlo todo y quedé como flotando en un infinito negro. Frente a mí, un ojo de tres lóbulos me contempló como hambriento, y una voz me habló como una multitud de estruendos. *Nunca doy una orden dos veces.* Entonces, el ojo de tres lóbulos se abrió a una imagen tan horrible que convulsé de espanto, mis gritos llenando el bosque de su angustia. Cerré mis párpados. Al abrirlos, solo estaba Behique, alto, elegante y sonriente.

—Veo en tu rostro la renuencia en conocer el precio por desobedecerme. Ven conmigo —Behique me dio la mano. La tomé temblando, temeroso de lo que me ocurriría si no lo seguía. Me condujo a la parte no pantanosa del bosque lleno de jagüeyes y palos de úcar. Se detuvo en un claro circular bajo las estrellas y se sentó en el medio donde frente a un plato hondo de piedra. Dentro, había una sustancia polvorienta color canela. Me indicó que me sentara. Luego tomó un objeto parecido a un sorbeto de caña y me lo entregó.

—Los antiguos realizaban este ritual para hablar con sus dioses; la cohoba. Hay otros dioses que quieren hablar con ellos como lo hacían los antiguos. Soy intermediario de esos otros dioses. Busco unificar ambos mundos, pero necesito que un cemí me abra la puerta. Uriel pacta con uno que tiene tal poder. Carga una estatuilla de madera. Necesito que se la quites. Cuando te apoderas de ella en ese mundo, la estatuilla estará en tus manos en este mundo. Solo entonces te despertaré y tu misión será cumplida cuando me la entregues.

—¿Y si no logro convencerlo ?

Behique sonrío de forma tal que entendiera no tener otra opción sino lograr la encomienda. Prendió un fuego frente a él. Luego, escuché pasos. En las orillas del claro se aproximaron personas con máscaras amarillas entonando algún canto barítono.

—Nyarlathotep. Nyarlathotep —vocalizaron una y otra vez al son de unas maracas que sacudían a ritmo caótico. Luego bailaron en círculos alrededor nuestro, avivando el fuego con su vaivén. Miré a Behique implorando explicación. Solo señaló al sorbeto de leña y me indicó que aspirara el polvo del plato hondo. Tembloroso, seguí sus instrucciones.

Del proceso doloroso, la sensación de mi cabeza quemándose, el mareo, la convulsión y mi cuerpo sudando frío, diré poco. Más terrible fue cuando sentí ser arrebatado a otro mundo. Todo se desvaneció mientras mi cuerpo se comprimía y expandía y aparecí en una dimensión de formaciones espantosas. Neblina de colores brillantes permeaba en el aire. Árboles gigantes con formas antinaturales crecían sin suelo en todas las direcciones y portaban rostros tristes sobre sus troncos. Frente a mí se extendía un sendero conduciendo a un árbol aún más gigantesco. Lo vi en la distancia; Uriel flotaba hacia el árbol al final del sendero. Con tan solo pensar en acercármele, todo se volvió borroso y mi cuerpo quedó justo detrás del suyo. En su mano sostenía la estatuilla.

—Has cometido un grave error al seguirme, arijua —me dijo volteándose, antes de poder arrebatársela, su sonrisa siniestra ajustándose a una carcajada frenética pero involuntaria—. Vienes siguiendo las directrices del Caos Que se Arrastra. De sus tretas, nadie se libra. Pobre de ti. Solo querías saber, ¿no? ¿Por qué los maté? ¿Por qué ella tuvo que morir? ¿Cómo me escapé de la justicia? No eres el primero en querer saberlo, y dudo que serás el último que será consumido por su propio deseo de justicia y conocimiento.

—Entonces, ¿lo confiesas? ¿Por qué lo hiciste? —dije casi ahogado en mi propia furia y tristeza—. ¡Eran tus amigos! Mi hermana era buena persona, ¡merecía vivir!

Aún en ese extraño mundo donde el espacio, tiempo y gravedad obedecían otras leyes, mi cuerpo no pudo contener mis lágrimas. Luego de otra carcajada, seguida de un lamento incómodo y profundo, Uriel me respondió en tono serio, su rostro todavía sonriendo, pero su cara roja como si quisiera combatir la sonrisa y fracasando:

—Todos merecíamos vivir. No los maté. Esa noche yo también fui asesinado. Ahora todos somos opías, las almas de los muertos que a veces regresan. Solo mi trato con Opiye me permite cruzar entre Soraya y tu mundo.

—¡No entiendo lo que me dices! ¿Quién los mató entonces?

—Fueron los arisarijuas, descendientes de los que le robaron la tierra a los ancestros. Ofrecían tributos humanos al cemí Guayaba para que les permitiera cruzar de Soraya a este mundo todos los días. Los quemé antes de morir y rompí ese pacto. Ya no tienen acceso a la vida eterna que Guayaba les garantizaba por sus tributos, y ahora Opiye me permite cruzar en busca de más arisarijuas, los hombres y mujeres que atan a los cemís para usar sus poderes para su propia ventaja.

—¿Y ahora qué? Behique quiere tu estatuilla. No sé quién es. Pero si no se la llevo, no sé lo que hará conmigo —murmuré, recordando la gravedad de mi situación.

—No puedo dártela. Este es Opiye y mi misión con él no acaba. Tengo que seguir cruzando entre mundos y encontrar a los arisarijuas. Lo siento, estás a la merced del falso Behique, el Caos Que Se Arrastra. Su verdadero nombre es Nyarlathotep, y nunca te

33

dejará en paz. Te llevará en sueños a la visión terrible de Azathoth, a quien Behique quiere traer de vuelta de su exilio en las afueras del cosmos y la realidad.

—Ayúdame, por favor —mis ojos le rogaban según él ponderaba mis palabras. Luego de una pausa donde parecía debatirse internamente, me contestó:

—El Soraya, donde mora el opía de tu hermana, es tu única escapatoria. Te puedo ayudar a llegar hasta allí pero, ¿estás dispuesto a convertirte en opía y abandonar este mundo?

—Sí —dije sin pensarlo. Sandra está ahí…

—Pues, cuando regreses a tu cuerpo y el falso Behíque te vea sin la estatuilla, su irá desatará su forma verdadera. La boca de Guayaba se abrirá. Es tu único escape. Solo así evitarás ser atrapado en la morada de Azathoth.

Uriel empujó su pulgar contra mi frente. Vi seres más inmensos que los árboles alzarse sobre sus cúpulas multidireccionales. Las formas eran tan grandes que mi mente apenas podía procesar sus proporciones. Ojos como constelaciones, bocas como agujeros negros, extremidades que se extendían hacia las infinidades del espacio. Todo se tornó borroso y mi visión se volvió a ajustar.

—¿Te atreves regresar sin la encomienda? —Behíque no sonreía. No había rastro de las personas que bailaron durante el ritual—. Ahora conocerás la fragilidad de tu realidad.

Su forma se ensanchó hasta rasgar sus vestiduras, su piel abriéndose y revelando extremidades babosas y opacas que surgían y crecían a una velocidad tal que su cuerpo deforme cubrió el claro entero en un instante y seguía creciendo. Un ojo de tres lóbulos se abrió en medio de la masa negra y babosa de su nuevo cuerpo. Tan pronto se abrió, sentí el calor de su mirada acusadora sobre mí, dejándome en un trance de inmovilidad. Detrás de él, la realidad se desintegró en partículas, exponiendo un cosmos en cuya lejanía podía ver la forma de un ente flotando en el espacio. Era más inmenso y monstruoso que el mismo Behíque. Se asemejaba a una galaxia de malformaciones, extremidades, ojos, y tentáculos que cubrían una extensión indescriptible. Reconocí lo que vi en la terrible premonición que me mostró Behique al advertirme que no podía negarme en obedecerle.

Congelado en medio de la visión mientras Behique crecía, su baba llenando el suelo de lo que quedaba del bosque y un olor fétido ahogando mi respiración, sentí en mis oídos un susurro conocido. Ahora, arijua. Miré detrás de mí. Dos cuencas vacías y oscuras me observaban. Un hocico inmenso se aproximó. Al abrirse la boca, sentí como si un abismo se formara a mis espaldas. Behíque movió sus tentáculos frenéticos, su ojo parpadeando en furia. Avanzó hacia mí. Me sacudí del trance de miedo y le di la espalda. Corrí hasta la negrura. En la boca del abismo del perro, estaba Uriel, con su sonrisa siniestra. El miedo me volvió a consumir.

Brinca, arijua.

Sintiendo las extremidades pestilentes de Behique alcanzándome, y la visión del ser inmenso observándome desde el espacio con algún deseo inefable y maligno, brinqué hacia la boca-abismo del perro, dejándome tragar por su nada. Entendí que, de sus abundantes terrores, el universo no nos da otra alternativa que escoger el menor entre ellos; en este caso, el Soraya en la boca de Guayaba. Ahí esperaba encontrar la voz de Sandra para ayudarme descansar en mi muerte

Yancunta

Antonio Rojas

Antonio Rojas (Perú, 1979) radica en la ciudad de Huaura, departamento de Lima. Es licenciado en Educación por la Universidad Nacional José Faustino Sánchez Carrión, tiene una maestría en docencia universitaria por la Universidad Nacional Autónoma de Nicaragua-Managua y estudios de doctorado en educación por la Universidad San Martín de Porres. Ha escrito artículos académicos referentes a temas educativos para revistas indexadas en España, México y Colombia; sin embargo su pasión es la lectura y escritura de textos narrativos, y hasta el 2018 era autor inédito en escritura creativa. Ha publicado sus cuentos en antologías de la Editorial Autómata, de la Editorial Raíces Latinas, en la Revista Digital El círculo de Lovecraft N° 9, en la Revista Digital Vuelo de Cuervos N° 9 y en la Editorial Gato Descalzo.

arcos Robles se toma un trago de pisco y fuma un poco creyendo que de esta manera sus neuronas harán sinapsis y pueda fluir su imaginación.

Cuando publicó sus primeros relatos, tuvo buenas críticas, fue considerado una promesa de la literatura de género, luego debido a la necesidad, solo de vez en cuando escribía uno que otro relato que ya no tuvieron tanta acogida. Pasaron los años, no tuvo hijos y una pareja estable por lo que pudo llevar una vida más o menos holgada. Con cuarenta años ha decidido escribir relatos que impacten y que le hagan transceder; sin embargo, no le viene nada a la cabeza. El pisco lo ha mareado, entonces se acuesta en el sofá y se queda dormido.

Se despierta al día siguiente, enciende el televisor y ve el noticiero. Se entera que un joven en la ciudad de Huacho, al norte de Lima, asesinó a su expareja y a su pequeña hija. Enterró las diferentes partes de sus cuerpos en distintos lugares de su casa y lo que le llamó la atención, más allá de cómo lo descubrieron y lo que hizo para despistar, fue que contaba que días antes estuvo en un ritual para impedir que esa maldita mujer (así le decía) deje de hacerle daño. Miren como mi cuerpo y mi cara se están deshaciendo y por eso nadie quiere estar conmigo, y tenía los ojos inyectados de ira. ¡Mátala, mátala! —me decía esa voz—, no te atraparan nunca, tú eres más inteligente. Los peritos determinaron que todo era un fingimiento para ser declarado inimputable.

Marcos Robles ha escuchado acerca de la ciudad de Huacho, conocida por ser llamada «Tierra de los Brujos». Él quiere saber más, porque piensa que puede conseguir algún tema para sus próximos textos. En internet no encuentra mucha información. Entonces coge algo de ropa y dinero y sin decirle a nadie, viaja a la ciudad de Huacho, se hospeda en un hotel barato y lo primero que hace es dirigirse a la biblioteca municipal para buscar información. Ahí encuentra algunas leyendas escritas, pero considera que son historias que se repiten en otras ciudades y con distintas versiones. Sin embargo, algo inusual le llama la atención. Hay un brujo que fue muy poderoso en su época, un tal José Yancunta que manipulaba las leyes de la naturaleza a su antojo, a pesar de su discapacidad, pues era ciego. Cuando murió, la gente comentaba que el diablo se lo llevó en cuerpo y alma, y por eso sus familiares quisieron engañar a los asistentes a su funeral y entierro colocando sacos de arena en el ataúd, aunque algunos dijeron que su cuerpo emigró a otra dimensión de las más de cincuenta que se conocen o que transmigró su alma a algún otro ser para prolongar su existencia en la tierra.

Marcos se pasa la tarde leyendo en la biblioteca municipal, ni siquiera almuerza, hasta que da las cuatro y se tiene que retirar. Al día siguiente continúa con la lectura de la narrativa local, pero esta no pasa de ser muy tradicionalista y costumbrista. En uno de esos textos lee que Yancunta siempre andaba en su alforja unos misteriosos libros de los cuales no se despojaba y cuando le preguntaban sobre ellos, solo respondía que estos lo cuidaban. Cuando murió nunca más se supo de los mismos, algunos decían que era el antiguo y nuevo testamento mientras otros creían que eran libros prohibidos de los cuales obtenía su poder. También leyó que Yancunta tenía la capacidad de convertirse en un animal como un gallo de pelea o una cabra.

Continua revisando los libros de la biblioteca y en eso encuentra un libro sin tapas con las hojas grises y saliéndose de su lomo, es muy viejo, por lo menos de inicios del siglo pasado. Observa un dibujo extraño y a la vez escalofriante en la primera página, es un ser cuyo torso tenía la forma de un barril, el cual parecía estar unido por cinco partes y en cada una de ellas le salían lo que se asemejaba a un brazo. Le sobresalían unas grandes alas que se desplegaban como abanico, y que eran más grande que su propio cuerpo, al estar extendidas, tal como aparecía en el dibujo.

Con suma delicadeza siguió hojeando el libro que trataba sobre demonología y explicaba que lo que conocemos como demonios son en realidad entes que pertenecen a otro tiempo y dimensión y al cual muy pocos acceden, entre los que lo lograron se encuentran Simón Bolívar que antes de reunirse con San Martín recibió una ayuda para que este se vaya del Perú y también José Yancunta que fue el brujo más poderoso en su época en Huacho y al cual nadie desde ese tiempo y en la actualidad se le puede comparar.

Estaba tan ensimismado en la lectura que no se dio cuenta que ya faltaba poco para que cierren la biblioteca. Se le acerca el bibliotecario y le dice que ya faltan quince minutos para cerrar, él le responde afirmando con la cabeza y sin saber qué hacer se queda un rato pensando. No quiere dejar de leer este misterioso libro y esperar hasta el día siguiente le sería muy largo. Se pone de pie, hace como que regresa el libro a su estante, en un movimiento rápido introduce el libro en su morral y luego sale tratando de aparentar normalidad.

En su cuarto sigue con la lectura del libro, quiere saber cómo obtener ese poder, pero siente una decepción pues no menciona nada más. Al día siguiente, quiere buscar más información en la biblioteca; le pregunta al bibliotecario si tienen libros que traten sobre ocultismo o curanderismo y éste le remite a Campiña adentro de Isaías Nicho Rodríguez, así como otros libros que ya había leído. Marcos le reitera el pedido, este lo mira de soslayo y le responde que no hay más. Le pregunta dónde podría buscar más libros de la localidad, encontrándose con otra respuesta negativa. Entonces, sin más, regresa a Lima para dirigirse a la Biblioteca Nacional porque quiere continuar averiguando referente a cómo acceder a esos entes y obtener ese tipo de poderes. Solo encuentra uno cuyo nombre es El culto a los Primordiales, y no menciona más de lo que ya sabe, pero la penúltima página le da una pista a donde seguir buscando: la Biblioteca de la Universidad de Miskatonic que está en la ciudad de Arkham, estado de Massachusetts de los Estados Unidos.

Decidido a todo, junta sus pocos ahorros, y tras obtener la visa después de un largo y engorroso trámite, sale en vuelo rumbo a los Estados Unidos. La universidad de Miskatonic se ubica al lado del río del cual toma su nombre.

Aunque su dominio del inglés es bajo logra comunicarse con los encargados de la biblioteca y accede a muchos libros oscuros, entre ellos el Necronomicón que aunque está en árabe y los otros en latín; gracias a una aplicación que utiliza la universidad son traducidos en una computadora al idioma español, esto le permite acceder a los secretos más oscuros y de cómo lograr hacer contactos con esos entes extradimensionales. De esta forma transcurre un mes, escudriñando cada libro hasta que llega a sus manos: Huacho maleficarum. Se entera que en el cerro Zapata ubicado en la campiña huachana, José Yancunta logró hacer contacto con esos entes hace más de ciento cincuenta años. Además, lee las indicaciones y el día del año que puede hacer el ritual que sería el seis de junio y en el cual la distancia entre las diferentes dimensiones es más corta. Aprecia también la imagen de una armazón de varillas, ruedas y espejos de distintos tamaños, de unos sesenta centímetros de alto, treinta de ancho y otros treinta de espesor y en el centro un espejo circular convexo que le ayudaría en su tarea.

Guarda toda esa información traducida en su USB y se dispone a regresar a Perú, para volver a visitar la ciudad de Huacho, pues le apremiaba obtener ese poder y lograr de esta forma la transcendencia y reconocimiento de su talento y salir de la mediocridad en la que estaba inmerso.

El cerro Zapata está al oeste de la ciudad de Huacho pertenece al distrito de Santa María y al lado norte colinda con el río Huaura; por el lado sur, este y oeste está rodeado de plantaciones de ciruelas, nísperos y pacaes. Hay pequeñas construcciones y entierros preincas que pertenecen a la cultura Chancay, también hay excavaciones ilegales realizadas por los huaqueros.

Marcos explora el cerro Zapata observando todo con sumo cuidado, aunque no sabe cómo será el lugar donde Yancunta hizo contacto con la otra dimensión. Sin embargo, está seguro de que lo identificará apenas lo vea. Tras largos días de búsqueda, no logra encontrarlo.

Un día acaba con el agua de su cantimplora por la sed tan intensa que tenía, ya que el sol quemaba tanto que hacía enrojecer a llama viva las piedras. Baja al lado de la ribera del río, en lo que hay unos puquiales que son de agua filtrada, y cuando termina de recoger el agua, levanta la cabeza, sus ojos se posan en una cueva oculta entre los algarrobos y cuya entrada es proporcional al tamaño de un ser humano. Con ayuda de una linterna se adentra lo más rápido posible. En el interior hay una pequeña cámara cuyas paredes son de piedra labrada, hay una mesa de caoba muy fina, una lámpara que parece que fue usado hace poco y sobre la pared hay una repisa con dos libros hechos de piel de carnero, cuyos títulos están en un idioma que desconoce, y que podrían ser con los que se le solía ver a Yancunta.

En un rincón de la cámara, se percata del armazón que vio en el libro Huacho maleficarum y que le ayudaría a acercarse a los entes extradimensionales, lo coge y lo coloca encima de la mesa y comienza a pensar como se lo llevará. Se muestra emocionado y a la vez decepcionado porque falta un mes para el seis de junio. Enciende la lámpara y tiene una mejor iluminación de la habitación, ahí se da cuenta que un hombre pequeño, muy viejo y arrugado está sentado en la esquina del lado izquierdo de la habitación. El viejo es trigueño y sus ojos parecen no mirar a ningún lado.

Marcos se paraliza por la sorpresa, no atina hacer nada, aunque quisiera moverse no podría hacerlo, lo sabe y por eso no lo intenta. El viejo se pone de pie con mucha lentitud apoyándose de un bastón y se dirige hacia él con una pesadez absoluta, y al estar a solo un palmo le comenta que hace muchos años pudo ser capaz de ir más allá del abismo y reunirse con la gran raza. Logró regresar, aunque el contacto con ese tipo de seres y el viaje de retorno, destruyó su cuerpo, por eso siempre requiere de alguien para proseguir con lo que comenzó, pero ahora necesita transmigrar su alma, pues el que tiene ya no le servirá y lo quiere a él, porque es joven y talentoso aunque su talento lo ha desaprovechado. Sin esperar más, el viejo pone delante de él una pequeña caja que emite leves luces psicodélicas, apaga la lámpara y queda el cuarto a oscuras. El anciano entona en voz baja palabras extrañas e ininteligibles.

Marcos previendo lo que pasará, solo atina a rezar. Ya falta poco le dice el viejo. Al poco tiempo se encienden las luces. Se observa una gran masa de líquido oscuro y viscoso tan repulsivo como hediondo, desparramado sobre el piso de la habitación.

Marcos recoge los dos libros de la repisa, los coloca dentro de su mochila, sale de la cueva y se dirige a la ciudad de Lima a continuar con la vida que le fue prolongada.

¿Cómo llegó nuestro salvador?

Bern Chamberlain

Bruno Cueva Villafuerte (Lima, Perú - 1991) estudió en la Escuela de Periodismo Jaime Bausate y Meza (2008-2012). Ha publicado en la revista "El fauno de la oscura Menniger", "El don de Joas Bent", "Serpens Caput", "Los designios de Nammu", "Descenso al bosque de Arges" y en "El regreso de los amos" en revista impresas y digitales. Publicó también tres cuentos en antologías de PetroPerú: "El desfiladero de bustos" (2017), "Sizigia" (2018) y "Cuestionamientos desde la sala blanca" (2019). Participó en Uróboros 2020, la primera conferencia digital de literatura de ciencia ficción, terror y fantasía, gestada por CFFT Perú y la editorial Speedwagon Media Works. Actualmente trabaja en el diario La República. Allí se desempeña como entrevistador de La Contra, redactor y corrector de estilo en la web. Coordinador en Perú de la antología Proyecto Cthulhu, un homenaje a H.P. Lovecraft .

PROYECTO CTHULHU

No es que los oráculos hayan dejado de hablar, sino
que los hombres han dejado de escucharlos.
—Georg Christoph Lichtenberg

n el tiempo que el cielo crepuscular estiró sus fauces como para engullir a la isla, un gigante de 140 codos atravesó aquella garganta engendrada al parecer por los Dioses del Olimpo.

El Oráculo de Mentor, llamado así por su proximidad a un puerto próspero —del mismo nombre— que jamás fue maniatado por algún general macedonio, había profetizado semanas atrás que la estirpe lugareña se salvaría de la mayor amenaza jamás enfrentada.

«Descenderá del altísimo un cíclope desmesuradamente poderoso, capaz de alzar en brazos el peso del arsenal nuestro. Y vendrá secundado por flamas y relámpagos que serán comparados con la merced de Helios, majestuoso hijo del Titán Hiperión y la Titánide Tea. Pero, por más que se advierta, puñados del pueblo osarán confundirlo con el cabalgante diurno de corceles».

Como si se tratase de una criatura escapando del cascarón, el ser enviado desde las estrellas caía boca abajo. Su vasto cuerpo titilaba destellos rojizos surgidos del pectoral y las extremidades, a través de brazaletes y armaduras desconocidos para los estupefactos mortales.

El gigante movió los pies espasmódicamente; sus lamentos, parecidos a los de un cerdo con el cuchillo en el pescuezo, adentraron hasta las montañas el quebranto... pero, en ese compás, la generación devota no supo identificarlos.

Dentro de poco, aquel enviado de los cielos flotó entre la densa bruma y se incorporó, balanceándose, antes de caer al océano. Los truenos acompañaban la vibración de sus cuerdas vocales, como una sinfonía de tribulación.

Cuando aquel gigante hubo caminado rumbo a la isla envuelto en fuego celestial, el gentío le rindió pleitesía desde las calles —otros eligieron homenajearlo al prender calderas de hierro en las techumbres o danzar alrededor de la necrópolis—, a pesar del remezón de la tierra y posterior maremoto que laceró las murallas de la isla como con un látigo.

En los templos de adoración, mientras tanto, los sacerdotes sacrificaban corderos y caballos blancos, aun cuando los altares de mármol se agrietaban retrasando el rito. Todos los habitantes resistían los ardorosos signos de la naturaleza, esas señales que anunciarían la visita —para ellos— de la deidad reconfortante, vigor de los campesinos, la inspiración de sus guerreros: ¿Es una prueba de fe?, era la pregunta de la mayoría de los testigos.

La palabra de la mujer enlazada al futuro, por otro lado, era atribuida a un dios perverso, embaucador. ¿Tal vez se comunicaba con ella un espíritu que quería anular las fuerzas de Helios quitándole su séquito? ¿Era el cabalgante del Sol quien llegaba o un usurpador?

Entonces, ante las dudas generalizadas, el fanatismo fue debilitándose como si guirnaldas de luces se apagaran en muertes sucesivas. Renunciaban, uno a uno, a adorarlo porque su Dios, el verdadero Helios, dominaría a los mares de Poseidón, así como a la brusquedad de los temblores para evitar dañar al gentío. Del mismo modo, el gigante tenía una presencia diferente a la representada en óleos o descrita por los demás oráculos en la historia. La fe, entonces, se derretía paulatinamente como la cera de una vela.

«Lo sagrado no puede traer tantas desgracias». «Todo se derrumba aquí. Si está sucediendo, por qué no nos da sosiego», reflexionaron los habitantes de la polis en plena procesión del engendro inhumano a 10 estadios de distancia.

Semana y media antes del atardecer revelador, el lugarteniente Celso de Kamiros, proclamado así por la junta de magistrados que administraba los recursos de la isla, había convocado a una reunión de urgencia en el Templete de Plata. La estructura había sido levantada entre el promontorio de Pan y el astillero naval en honor a Ptolomeo.

El senado y la asamblea del pueblo habían escuchado atentamente, diecisiete días atrás, el informe preliminar del encargado sobre el Oráculo de Mentor. Y otra vez retomaban la discusión.

Celso, el joven estratega, llevaba una barba agujereada, en cierta forma compensada por un cabello frondoso sujetado por un laurel; vestía un quitón canelo que solo descubría sus dos hombros de gimnasta; un par de sandalias de buey ajustadas con tiras de cuero; y un collar de finas perlas, cercano a la nuez del cuello

—Entiendo, entiendo, pero no dictemos un juicio antes de reunir suficientes pruebas, mis más respetados políticos —interfirió Celso mientras Panagiotis, el anciano bienhechor del Teatro-Librería de la ciudad, le reprochaba su paciencia—. Sé que el Oráculo de Mentor ha cometido una que otra inexactitud, pero creo haber descubierto la causa. Lo que veremos, reitero, no corresponderá a la imagen viva de Helios…

—Será mejor que nos cuentes con detalles de nuevo las noticias o te removeremos del cargo —advirtió Panagiotis—. Recuerda, te dimos la confianza en la batalla contra los saqueadores del suroeste. Grandísima resultó ser la mente tuya al desmontar nuestros edificios para darnos murallas adicionales.

—Sé la verdad sobre el falso Dios de fuego. ¡Oigan! No hay que olvidar que la adivina nos profetizó —comenzó a recitar Celso—: "30 000 artesanos ya fabrican al helépolis, una torre de violencia con planchas de hierro y escalinatas. Incontables hombres la harán avanzar. Empujarán carentes de miedo, irán hacia adelante inclusive si nuestras piedras les destruyen los cráneos. Solo la certeza de las flechas, además de la precisión en el tiro de las catapultas, nos darán la ambrosía de la victoria". En caso hubiésemos omitido esto…

—¡No fue solo la helépolis, Celso de Kamiros! —espetó de inmediato Praxes, uno de los doce senadores— ¡Ella nos dijo, según tu interpretación, que la clave yacía en la resistencia del malecón cerca de la bahía! ¿Por qué no pudo vaticinar el ingreso a la acrópolis de 1500 hombres adversarios? Muchos inocentes murieron al efectuarse la infiltración de Demetrio.

—¿Cómo quieren que se concentre si se olvidan de darle apoyo moral? —tomó la palabra Celso, desviando la línea de la conversación—. El estrechar contacto con una divinidad no hace que un oráculo sea inmortal o no tenga necesidades como cualquiera de los presentes aquí. Ella vive en la cuesta de Mentor que rodea la acrópolis; el acceso no es sencillo, lo sé. Suficiente con ver sus pómulos sobresalientes, su torso huesudo.

—¿Qué apoyo moral? ¿Te parece algo insignificante haber dejado al Oráculo de Delfos relegado? —expresó Vasilios, el anciano magistrado mercantil de 92 años, con su voz licuada, abriendo sus ojos blanquecinos, por consecuencia de las lesiones oculares de la vejez—. Hijo mío, a mi edad he vivido tanto. Cada cicatriz en mis pieles fue un aprendizaje. Esto no huele nada bien.

—Yo salvé a la isla —respondió Celso—. Mi máximo respeto para usted, honorado Vasilios, pero el mundo avanza, el conocimiento va atrasándose en la interminable carrera.

—¿Poniendo en duda la gestión de los gobernadores? ¿Insiste en empujar al precipicio a los sabios? —aprovechó Praxes en avivar la tertulia. Un miembro de la asamblea lo agarró del antebrazo porque, conociendo la vehemencia de este, creía que la discusión pasaría de lo oral a lo físico.

—Hay que darle el trato merecido —repuso Celso. Miró vigoroso al senador Praxes, de gallarda postura y ojos fijos como lagarto, aunque se alejó un paso.

Panagiotis manifestó su desconcierto, se paró del asiento y le puso la mano en el pecho a ambos. A continuación, todos los asistentes de la asamblea parlotearon a raíz del incidente, pero, de pronto, guardaron silencio tras el pedido de otra autoridad.

Al rato, la tempestad amainó y los vientos volvieron a soplar con calidez, familiaridad.

—Tomo la palabra— insistió el senador Praxes—: queremos la información tanto de la actual visión como de las incoherencias del Oráculo de Mentor, repítala otra vez. No nos haga perder el tiempo, lugarteniente —retrocedió y volvió a su lugar. Fingió su retirada de la escaramuza.

Los asistentes reanudaron el murmullo. Celso lanzó un bufido y empezó su narración. Los demás oyeron atentos:

«Corrí lo más que pude a la escarpa de la adivina. Habían pasado diecisiete días desde la última consulta. Seguía sin querer mudarse al Templo, los sacerdotes aborrecían su actitud. La vi más tranquila, echándole agua a las plantas en el resplandor diurno. Ni siquiera saludó mi visita. ¿Crees que soy un objeto descartable?, me había dicho antes del asedio de Macedonia. Claro que no, eres mucho más que eso, le respondí. Me acerqué atraído por la conocida emanación, un perfume corporal tan atrayente... incluso los narcisos florecían acelerados, cuyos tallos crecían más a fin de captar el efluvio de la ama. Luego pensé que mi presencia sería reconfortante para una mujer solitaria... eso creía».

«¿Cómo es que no tienes familia? Primero, dime tu verdadero nombre. Prometo que este caballero no lo desvelará. Es palabra de honor, le aseguré. Su silencio no comunicaba más que un horizonte desalmado, yerto como un pájaro al que mutilaron sus alas. ¿Acaso solo en el trance construye un puente con los dioses que se ve destruido cuando su mente retorna a esta vida?, pensé».

«No asintió. Su perplejidad asomaba hacia mí. Me comenzaba a alcanzar su penumbra. Ella no lo lograría, pues sobre mis hombros yace el bienestar de mi pueblo y la confianza de los magistrados. Debía integrarme a su sentir, bajar todas las armas, renunciar a mi olfato entrenado para la guerra. Pareces un buen lugarteniente; un joven al que cualquiera se refiere a él como un verdadero hombre, me dijo. Me roció esas palabras como los versos más hermosos del maestro Panagiotis. Dejó la regadera al pie de su ventana. Tu pueblo no volvería a darme de comer si cuentas el porqué de mi aflicción, de mis fallos, contó el Oráculo de Mentor. Es nuestro pueblo, no mío, intervine, mientras ella se envolvía el torso con sus esbeltos brazos. Mi instinto me traicionó. Desprendí sus manos cándidas y me sorprendí, grato yo, al ver cómo sus cejas le enmarcaban los ojos caídos, delineados por barras de carbón. Hasta pude imaginarme al artesano responsable de...».

—Si le diera la gana, la adivina enredaría a los hombres. Los sometería a voluntad. ¿Le crees a pesar de que puede manipularte? ¿Te llegaste a acercar lo suficiente? Ella es la voz del falso profeta ahora, ¡si alguien ha de venir, ese será el Dios Helios! —dijo Praxes buscando la aprobación unánime tras divisar a diestra y siniestra.

—No. Por supuesto que no. ¡Patrañas, senador! —dijo Celso—. En todo momento estuve hablándole afuera de la vivienda. Usted conoce mi trabajo.

—De esto depende si mandamos un destacamento a Delfos o continuamos así —volvió a responder Praxes.

—Eso no va a ocurrir —aseguró Celso de Kamiros.

—Continúe, por favor —pidió Vasilios después de escrutar a Praxes de reojo.

«¿Podría ser el mismo si pierde todo lo que tiene?, prosiguió la mística mujer. Yo no tengo familia, fui criado por la ley del Señor Helios, repuse. He visto en sueños a mi esposo e hijo morir hundidos en un remolino. Se fueron entre las embarcaciones interceptadas por Demetrio, me contó y se echó a llorar. Confesó que el ritual de su matrimonio había sido clandestino. Me compadecí, perdí la noción del tiempo. Sequé sus lágrimas. Intenté darle de comer. Al rodear sus muñecas con mis manos, podía cerrar mi puño. ¡En qué condiciones estás! De no haber recibido la sopa negra dejada por los mercantes voluntarios, el inframundo sería su siguiente paradero».

—Lo siento, Celso de Kamiros. ¿Quién no ha tenido pérdidas? ¿Cómo que se casó bajo las leyes de otras polis? —dijo Panagiotis.

—La pérdida forma parte de la guerra. Recordemos que ella es más sensible. Entrega la fortaleza de su cuerpo solo para protegernos. ¡Qué mal le hemos pagado!

—Suenas como alguien venido a menos. ¿Por qué tanto arraigo en justificarla? —inquirió Praxes—. Más vale que tu versión sea fiel a los hechos…

—Al parecer soy el único aquí con capacidad de escuchar ambas partes. La adivina protegía a los suyos, por eso los escondió —dijo Celso—. Sabía que, si fallaba en avizorar el futuro, la escasa familia que le quedaba resultaría repudiada en las calles.

La incomodidad de los magistrados se diseminó como el polvo en las faldas montañosas.

—Bien, estamos preparados para escuchar el nuevo vaticinio por segunda vez. Hoy mismo decidiremos qué hacer con ella. De lo contrario, esperaremos a las certezas en sus palabras —dijo Praxes.

—No solo se trata de eso —acotó Celso.

—¿Hay una falta más grave? —mencionó Vasilios. Se había agitado y eso a su edad era un peligro. Un par de senadores lo sostuvieron.

«Regresé tres días después a la vivienda del Oráculo de Mentor. La junta de magistrados confió de nuevo en mí y solicitó a los sacerdotes mantenerse lejos. Toqué a su portón una decena de veces y no salió. Así que me valí de puntapiés. Conseguí crujir la madera. Cuando entré, la vi tumbada en el piso del patio ceremonial y sudando cántaros. Supe que no había ingerido ni los higos ni las avellanas desperdigados en su comedor; tampoco el pescado cuyas cabezas se podrían y atraían a las moscas. Cambié el vino por el ciceón, no he parado de beber, me comunicó ella al recuperar la consciencia. La cargué, traté de llevarla a su recámara, le besé la frente. Luego, de súbito, se desesperó para que la suelte. Es hora, Celso, ayúdame, debo beber más, quiero verlo todo de nuevo, ¡apúrate!, gritó prendiendo las calderas y arrodillándose. Se contorsionó. Abrió los brazos, miró a la techumbre. Mientras yo la sostenía por la espalda, vomitó el ciceón. Olía profundo a hierbas, pero hierbas distintas a las habituales. ¿Y si los alucinógenos le atribuyeron falsos recuerdos familiares?

—¿La llevaste a la fuerza al altar central? ¡Su condición pudo haberse agravado! —exclamó Paniagotis.

—¿Ahora sí le importa? —preguntó Celso de Kamiros.

—Lo primordial es complacer al pueblo y servir al Olimpo —rezó Panagiotis.

«¿Qué te están diciendo los dioses? ¡Habla, por favor!, la presioné. Los vómitos ya rebalsaban hasta sus senos. ¡Reconozco la voz! ¡Es del mismísimo Zeus! Está furioso porque adoraremos al equivocado, dijo el Oráculo mientras los recipientes de cerámica temblaban escupiendo flamas. Es demasiado, Celso, otro mensaje llega desde lejos, y no son los dioses, tócame y escucha conmigo. Entonces, en medio del trance de la vidente, acerqué mi oído a su boca. Clavó sus uñas profundamente en mis costillas y desgarró mi quitón. ¿Era su adicción a los engaños del ciceón o el contacto con otra voz suprema? Interpreté lo que estuvo a mi alcance, su voz varió como si la poseyeran: "Se dirige al planeta, como un fugaz viajero, nuestro prisionero de Aldebarán [...]. Y el mañana se bañará en cobre, oro, gemas y piedras glorificadas, que es la sangre del gigante. El condenado tendrá un juicio justo. Salvará a nuestra isla del desastre, porque así cumplirá el intercambio. El gigante de las estrellas había desvalijado las arcas de Aldebarán y las leyes, por el perdón de su espíritu, lo enviarán a compensar su falta mediante un acto de bondad forzado [...]. Tendrá el odio en el corazón, pero el destino se lee en las escrituras. La salvación y su muerte traerán ingente riqueza". La mujer se desmayó. ¿Vendrá alguien de los cielos a sacrificarse por nosotros? ¿En otros mundos, al incumplir las leyes, se obliga a los culpables a viajar y morir por una especie totalmente desconocida? ¿De qué riqueza habla? Cuando recuperé mis cabales, tapé mis narices. Resistir el olor de las hierbas y el ciceón luego de salir de su estómago no fue agradable».

«Retomó el nexo con Zeus, casi moribunda. Lo último que escuché fue que la próxima generación no debía enterarse de la visión; la maldición caería sobre el difusor de darse el caso. A los Dioses del Olimpo les pertenece la Tierra, y ninguna otra entidad merecía ser adorada, porque hasta los dadores de vida sienten celos si sus hijos desvían las atenciones, pensé».

Praxes se echó a reír. Los miembros de la junta musitaron toda clase de conjeturas.

—Es suficiente, lugarteniente —interfirió Vasilios.

—¿No se da cuenta que el ciceón, mezclado con algunas hierbas, provoca alucinaciones? —completó Panagiotis señalando a Celso con su bastón.

—Pero yo también me conecté. Esa voz… —dijo Celso.

—¿Tomaste con ella la bebida? Los gases de su aliento también pudieron afectarte —exclamó Praxes—. ¡Ya no nos sirve! ¡Solo se embriaga todo el día!

—El Olimpo nos castigará si dudamos de Helios. ¡Es obra de un espectro nacido del Ciceón! Se levanta la sesión —intervino Panagiotis— En cuanto a ti, Celso de Kamiros, mañana resolveremos si te echamos. Buscaremos a la adivina y la encerraremos en un templo.

El lugarteniente no respondió nada en absoluto. En su imaginación recorrió el cuello del Oráculo, fuera de sí, sucumbiendo ante el deseo afrodisíaco. Después, Celso decidió regresar a hurtadillas y avisarle todo a la vidente. El resto de los mandamases se dispuso a abandonar el Templete de Plata.

Cuando el gigante hubo arribado al muelle, las balistas apuntaron a su cabeza monstruosa, provista de cuatro ojos a la altura de lo que serían las mejillas. Abrió su boca acorazada por dientes entremezclados en la frente. Luchó por mantenerse parado. Al instante, movió sus brazos para adelante, crujieron sus vértebras y profirió un alarido potente. La isla se desplazó hacia atrás como un carruaje que cae sin control por una pendiente.

Desde las cuestas y por encima de las murallas, los miembros del ejército dispararon cantidades incontables de proyectiles al visitante durante minutos. Sin embargo, la bestia no contraatacaba. La primera línea de defensa intentó descifrar los gestos de la monstruosidad, pero la composición de su rostro no era humana. Esa torre de carne cobriza parecía no sentir dolor físico.

El gigante giró y observó el cielo. Un incesante temblor —de ondas más rápidas— sumió en horror al litoral. Para sorpresa de todos los testigos, aquel extraño visitante se plantó como un escudo que cubría a la isla con su sombra, encima de los pedestales del muelle.

De pronto, el cielo volvió a abrirse: una incandescencia penetró esparciendo de manera gradual cientos de rocas. Estas cayeron, al principio, en altamar y las aguas saltaban como heridas por el rigor de unas lanzas. Después, el follaje cercano al promontorio de Pan liberó una extensa humareda negra por el impacto de los fragmentos de esa bola de fuego.

Los gritos al unísono se dieron cuando vieron la aceleración del bólido que triunfaba sobre la noche.

¿Era Helios tal criatura? Torbellinos de aves rendidas al espanto. Desertores en barcos que llevaban las provisiones consigo. Sacerdotes se autosacrificaban con dagas bien afiladas. Grupos de corderos exaltados preferían aventarse a la colina que ser degollados.

«Helios bajará en sus corceles y seremos bendecidos», había proclamado Vasilios en un edicto repartido por los escribas a cada morada; no obstante, atacaban al supuesto enviado de Zeus.

El gigante soportó la embestida de la roca envuelta en cabellos de lava. Algunos privilegiados, en las coronas de las montañas, atisbaron cómo la criatura estiró un tercer brazo salido de la nuca, semejante al aguijón de un escorpión, para contener la violenta entrada del destructor espacial.

Luego de una explosión ensordecedora, la bola de fuego volvió a dividirse y generó incendios aquí y allá. ¿El Dios se había inmolado?

De modo paulatino, el gentío ocupó las bocacalles menos dañadas, aunque cientos de ancianos y niños quedaron atrapados entre el adobe, los ladrillos y los tejados partidos.

En el relieve del muelle las piernas del monstruo, que yacía inmóvil, marcaban un arco perfecto. Cuando los vientos despejaron el humo, vieron unos aparatos de luces rojizas, compuestos de metal, flotando con dirección al astillero. A poca distancia los marinos remaban sus embarcaciones para no chocar con esos grilletes. Cada miembro de la asamblea general comprobó lo que la adivina había asegurado por intermedio de los efectos del ciceón: el cadáver del gigante, como en un proceso alquímico, se convertía en múltiples gemas, bloques de cobre, oro; incluso sus orejas se desprendieron mutando en cúmulos de perlas hacia el mar.

ኽጔቤ

—¿Y dónde queda Cares de Liros, a quien atribuyeron la obra del Coloso de Rodas? —interrogó Alexander abrazando a su abuela en el lecho de madera.

Por la enfermedad respiratoria que padecía, la anciana tosió tapándose la boca y manchó de sangre sus sábanas. Una fetidez asaltó todo el ambiente de la habitación como si hubiesen abierto la panza de un jabalí enfermo.

—Cares de Liros, Plinio, Estrabón… de seguro tendrán su lugar dentro de los manuscritos históricos. Farsantes —espetó ella.

—¿Por qué mentirían? —dijo Alexander.

—Mientras alguien demuestra conocer más, el orgullo pasa a ser su portavoz y guía. Los dioses no expresaron más su celosía, pues los testigos creyeron en que Helios fue el hombre que destruyó la ingente bola de fuego.

—¿Entonces jamás hubo estatua del Coloso de Rodas, abuela? — replicó Alexander.

—No.

—¿Y qué pruebas tienes? —siguió preguntando Alexander—. Hace poco gozabas de buena salud y ahora esto —cogió sus manos y observó que las manchas negras de la decrepitud cerraban sus fronteras—. ¿Por qué decirme esto cuando estás a punto de dejarme, Amaryllis?

—Recuerdo cómo mi vida resurgió gracias a tu padre —expresó la anciana.

—¡Dime, por favor! —exclamó su nieto.

—Serás un general muy valiente. ¿Lo dudas? Puedo... puedo ver... las líneas de todos los futuros —confesó la anciana.

El joven depositó su rostro desencajado sobre el regazo de Amaryllis. Ella tosió al sentir la presión en el vientre y pronunció sus palabras de despedida.

—Voy a romper mi promesa. Los Dioses del Olimpo me amenazaron con la peste si yo misma difundía esta versión. De todas formas, iba a morir debido a mi edad. ¡Este planeta no es el centro del universo! Yo hui de Rodas. Te conté toda esta historia porque estuve en la mente de Celso gracias a las visiones; también anduve dentro de Praxes, Panagiotis, Vasilios... Me costó la vida encajar las piezas. Lo que te cuento es real.

—¡Los sueños engañan! ¡Son fábulas del fulgor interno! ¿Están revelándome que...

—No para mí, Alexander. ¡Soy el Oráculo de Mentor! ¡Lo soy nieto, mío! La única que captó los mensajes de cultores más poderosos que la descendencia de Urano.

—¿Y por qué tienes la motivación de contármelo recién hoy?, ¿cuál es el sentido? —atinó a cuestionar Alexander.

—Recuerda esto, mi pequeño. Tal vez Zeus me esté matando, me esté estrangulando ahora... mismo —balbuceó el Oráculo de Mentor—; tal vez la maldición se extienda hacia ti y mi descendencia y a aquellos que se atrevan a narrar la verdad del falso Helios. ¡No me califiques de egoísta, nieto mío!

—¿A qué te refieres? No te vayas, ¡yo te adoro, abuela!

—Tu misión será anunciar... a los demás que han nacido con la capacidad de elegir a quién adorar —dijo la anciana agonizando—: busca el refugio en el Dios de Aldebarán y este te protegerá de Zeus. Así lo he pensado. Por favor, perdona la cobardía por decírtelo justo hoy, luego de... luego de años de meditación. ¡Enfréntalo!

Alexander sintió una punzada en el pecho. Aspiró el hedor del miasma. La peste estaba consumiendo los músculos de su abuela.

En seguida, divagó en las palabras de la difunta. ¿Cómo haría él para salvarse y salvar a los que osen rebelarse contra Zeus?

Alguien te observa desde la oscuridad

Daniel Collazos Bermúdez

Daniel Collazos Bermúdez (Lima, 1980). Estudió Diseño Publicitario en el Instituto Toulouse Lautrec. Ha cursado diversos talleres de escritura creativa y guion en el Centro Cultural de la Pontificia Universidad Católica del Perú. Es autor del libro de cuentos "Necrópolis" y de las novelas "La Heliofobia de M" y "Maga". Varios de sus relatos han sido publicados en las muestras literarias "Trece veces Sarah"; "Encerrado en el tiempo" y "Superhéroes", así como en la revista digital "Submarino de hojalata". En el ámbito audiovisual ha dirigido y escrito guiones para diversos cortometrajes. Entre los más destacados "Cholita", con el cual ganó el segundo puesto del Nontzefilmak 2009, Blibao-España. Se dedica a la docencia y a la dirección creativa publicitaria.

ulsé el interruptor de la luz antes de entrar en aquella sala. Siempre he detestado que la oscuridad guarde secretos. Cuando era niño y llegaba la noche, encendía la luz de las habitaciones para ahuyentar a una criatura sin rostro que imaginaba envolviéndome. La sentía capaz de verme desde todos los ángulos, preparada para tocarme si me descuidaba. Al crecer, ese terrorífico mundo fantástico fue erradicado por la razón. La importancia de no andar en tinieblas se redujo a evitar hacerme daño con algo que no fuera capaz de ver. Aquello no preocupó a Hugo esa tarde. Entró con naturalidad al departamento abandonado antes que la luz de la bombilla nos describiera la habitación.

Aquí tendrás todo lo que siempre has deseado, Hugo afirmó optimista. Dejé que el eco de su propia voz en la habitación respondiera por mí. Conocía esos argumentos de venta y no los creía, aunque los oyera de aquel amigo de infancia. Por el cariño que le tenía, preferí concentrarme en encontrar un lugar estable para dar el siguiente paso. La sala estaba saturada de fierros torcidos, trozos de concreto y cables enredados como tachones tridimensionales. El reseco parqué de madera cubierto de polvo crujía en cada pisada, como los huesos de alguien que se estira al despertar.

Hugo no dejaba de hablar. Yo intentaba seguirle el paso, sujetándome la corbata y alzando las piernas exageradamente. Evitaba ensuciar el traje que vestía y que usaría al día siguiente para trabajar. Cansado, me detuve un momento. Miré alrededor de la sala. A un lado estaban las ventanas tapizadas con periódicos amarillentos. Al otro, parado junto a la apolillada puerta de una de las habitaciones, Hugo sonreía alentándome a seguir. No lo había visto tan contento desde nuestros días de juego en el colegio. Sentí pena por el esfuerzo en vano que hacía y decidí seguir avanzando.

Al retomar mi caminata evadiendo la basura, Hugo me contó por qué empezó a trabajar como agente inmobiliario. Dijo que sentía que era una bonita manera de ayudar a mejorar la vida de los demás. Lo escuché respondiéndole con varios "aja", como las veces que me comentó lleno de ilusión, sobre proyectos que nunca germinaban o empleos nuevos donde lo despedían al poco tiempo. Aquello no sucedía, porque Hugo fuera mal trabajador. Su problema es que suele enseñar todo lo que sabe a sus subordinados. Ellos, que entienden bien el mundo corporativo y el real, como yo, aprenden rápido y le quitan su puesto. Se lo expliqué muchas veces, pero Hugo no entiende que hay conocimientos que uno debe reservarse para alcanzar objetivos personales. La vida es así.

Desde que inició el trabajo como agente inmobiliario hasta ese entonces, Hugo no vendió ninguna casa o departamento. Por la apariencia del lugar que me mostraba, era probable que nunca vendiera nada y que pronto volviera a quedar desempleado. Cuando se lo hice notar y le dije que no siguiéramos con el recorrido, porque no estaba interesado en comprar el departamento, respondió sonriente que no pretendía vendérmelo. Quería comprarlo para él. Aquello incrementó mi lástima por él.

Pensé en un discurso amable para advertir a Hugo sobre el error que iba a cometer. Una vez que pude alcanzarlo en la habitación y quise decir la primera palabra, Hugo me interrumpió. Los vas a conocer, dijo excitado, girando el pomo de la puerta que tenía al lado.

Al entreabrir la puerta de la habitación, aparecieron dos gatos andando con elegancia y parsimonia. Uno naranja y otro gris. Hugo no pudo contener su extraña alegría y dijo: No puedo revelarte sus nombres.

No tuve duda que Hugo no solo estaba volviéndose loco, también se sentía solo. Intenté ganar tiempo para formular un buen argumento que diera un poco de cordura a mi amigo. Me puse en cuclillas para acariciar a los pequeños animales. Ambos me evitaron y tomaron un lugar a los lados de la puerta. El gris se sentó a lamerse una de sus patas y el otro se recostó en el suelo a mirar el vacío con indiferencia felina. Me acerqué al último. Antes de que pudiera acariciarlo en la cabeza, Hugo me advirtió que no les faltara el respeto tocándolos como a vulgares mascotas e insistió que me pusiera de pie.

Hugo abrió totalmente la puerta y entró con naturalidad a la oscura habitación. Me levanté y traté de impedírselo. Temía que tropezara con algo al no ver nada, pero no alcancé a tomarlo del brazo. Del bolsillo saqué mi teléfono móvil, activé la aplicación de linterna e iluminé el suelo para asegurar mi andar. También estaba cubierto de polvo ahí dentro, pero libre de obstáculos de chatarra. Di unos pasos dentro del cuarto y apunté la linterna hacia el fondo. La oscuridad se tragaba la luz a solo un metro de distancia.

Grité el nombre de Hugo. Interrumpiendo el eco de mi voz, respondió que quería compartir esto conmigo. Que me dejara ayudar, porque ellos guiarían mi camino. Como lo hicieron con él. Un par de pasos más adelante, mi móvil se apagó. Al tratar de encenderlo nuevamente, se resbaló de mis manos, pero no lo oí golpear el piso. El lugar estaba en silencio. Volteé a ver la puerta por donde había entrado y no la encontré. Extendí los brazos y abrí la palma de mis manos en busca de la superficie de alguna pared. Avancé a ciegas por donde supuse que había entrado. No hallé la puerta. Sin que me importara ensuciar mis ropas, decidí arrodillarme en busca de algo que me retornara a la realidad. Gateé tan rápidamente que mis uñas chocaron violentamente contra el piso. Dolía. Sentí que el viejo miedo de mi niñez me perseguía con sus infinitos ojos, analizando cada ángulo de mi cuerpo. Llamé a Hugo a gritos, pero mi voz se sentía debilitada como susurros. El miedo a la nada me venció y lloré ahogadamente como un niño.

Sobre mi cabeza se posó una gélida mano y me detuve. A pesar de que la oscuridad me tenía ciego, por instinto levanté la cabeza. Mi vista se aclaró lo suficiente para ver a quienes estaban parados frente a mí. Desde mi lugar en el suelo, vi que me rodeaba un grupo de seres enormes vestidos con oscuras túnicas. Sus rostros solo albergaban decenas de ojos que parpadeaban a distintos ritmos. Antes de que el terror me obligara a gritar, en mi mente se proyectaron sus pacíficos pensamientos que calmaron mi demencia. Luego vi lo que habían atestiguado sus ojos desde el inicio del mundo. Comprendí todo. Todas mis preguntas quedaron mitigadas por respuestas.

Por primera vez, Hugo tuvo razón. Ahí estaba lo que siempre había deseado. Aquellos seres me habían escogido. Debía ser responsable con la sabiduría que me habían dado y guardarla para mí. Solo así podría tener todo en la vida.

Los seres retrocedieron y desaparecieron fundiéndose con la oscuridad. Maravillado, corrí con ímpetu y dispuesto a apoderarme de mis mundanos deseos. Escuché que Hugo me llamaba desde alguna parte, pero seguí avanzando. Estaba emocionado por salir de ahí y empezar mi nueva vida. Al hallar una pequeña rendija desde donde se filtraba la luz de la sala, entendí que había encontrado la puerta. Me aproximé a ella y la crucé. Una vez que llegué a la sala del departamento vi al gato gris durmiendo sobre el suelo. El naranja me devolvió la mirada. Me impresioné. Eran de mi tamaño. Asustado, maullé.

Los primos del Norte

Daniel Salvo

Daniel Salvo (Ica, 1967). Difusor e impulsor del género de ciencia ficción en el Perú, ha escrito cuentos de ciencia ficción, fantasía y terror que han sido traducidos a varios idiomas, y publicados por la editorial Altazor en 2014 bajo el título "El primer peruano en el espacio". Editor del blog "Ciencia Ficción Perú" (2002-2015) y "Crónicas de Futuria", dedicados a la ciencia ficción, fantasía y terror. Publica la columna "Mundos imaginarios" en el Diario El Peruano, sobre literatura fantástica. Sus cuentos suelen extrapolar tendencias actuales en la sociedad peruana y su eventual impacto en el futuro, además de incorporar temáticas de la América precolombina. Influenciado por Isaac Asimov, H.P. Lovecraft y el escritor peruano José B. Adolph, se define como un autor de ciencia ficción.

cabo de zambullirme para probar mis branquias. En estas oscuras y gélidas aguas, éstas me sirven además como un sistema de orientación, que me permite detectar bancos de peces y moluscos, o cuando es necesario, humanos para los sacrificios. Es la mejor manera de hacerse de ellos, pues cuando se produce un naufragio o un supuesto caso de ahogamiento, se consideran desaparecidos y nadie los busca. Son las desapariciones que menos sospechas despiertan.

También me he sumergido para estar a solas. He llegado a la edad que en los nuestros coincide con la adolescencia humana, y he empezado a hacerme muchas preguntas. Sobre todo, debido a ciertas perturbadoras imágenes que he visto en la internet y en las redes sociales, imágenes que me han llevado a cuestionar el lugar que ocupamos en el mundo.

Mi familia, mi pueblo, proviene de un lugar situado en Norteamérica, un lugar que aún se llama Innsmouth, que queda en Massachusetts. Mi abuelo y mi padre provienen de ese lugar. En las noches de conmemoración, recordamos cómo es que llegamos a dar a este lugar, a Sudamérica, y fundamos Boca del Río, una aldea situada al borde del océano Pacífico que ni siquiera aparece en Google Maps. Innsmouth era "nuestro" pueblo, un lugar donde todos nos conocíamos y respetábamos, mientras esperábamos el glorioso retorno de los Grandes Antiguos. Pero un mal hijo de Innsmouth, ignorante de su naturaleza y origen, nos delató ante los humanos, y estos decidieron exterminarnos. Creyeron que nos sorprenderían, pero mi gente previó sus acciones. La mayoría huyó, mientras que un grupo decidió quedarse, sacrificándose así por los demás. Los humanos, creyendo que eran todos, los capturaron y encerraron, para luego usar armas explosivas que a ellos les parecieron terribles, minucias comparadas con el poder de los Grandes Antiguos. O eso nos dicen en las noches de culto, cuando hacemos el Sacrificio y la Evocación.

Nos dicen que debemos tener paciencia, que las estrellas pronto ocuparán su lugar en los negros abismos del espacio, y entonces los Grandes Antiguos se alzarán, y todos nosotros con ellos. ¿En serio? ¿Todos nosotros?

Mis preguntas, incómodas según me dicen, tienen que ver con las diferencias que he notado entre nosotros y nuestros primos del Norte. Somos una raza híbrida, resultado de una mezcla entre humanos y Profundos. Ninguno en Boca del Río ignora este hecho. Aparentamos ser sencillos pescadores y campesinos semianalfabetos, lejos del alcance de la civilización humana, aún la de este precario país tercermundista, muy al sur de los Estados Unidos. A nuestra manera, somos prósperos, gracias a la abundante pesca de la que nos proveen nuestros hermanos del mar. Todo bien con eso, pero… ¿por qué no podemos adentrarnos más allá de ciertos límites marinos? ¿Por qué no podemos visitar las majestuosas ciudades de las profundidades, que, sabemos, no distan mucho de estas costas? ¿Por qué no tenemos contacto con los otros hermanos de la diáspora?

Los mayores nos dicen que todo obedece a un plan trazado desde tiempos inmemoriales por los mismos Grandes Antiguos. Que ahora menos que nunca debemos llamar la atención de los humanos, que cuentan con nuevas armas y artefactos y que nos espían desde los cielos. Que es mejor vivir así, ignorantes e ignorados, en una espera que se ha vuelto demasiado cómoda quizá, pero segura: los Antiguos volverán, eso es un hecho. Nuestra propia presencia, las ocasionales apariciones de los Profundos del mar, son suficiente evidencia de que lo que esperamos ocurrirá algún día.

Pero, ¿y mientras tanto, qué? No podemos salir de este pueblo, y debemos evitar el contacto con extraños. Y sí, sería muy peligroso que alguien viera a aquellos de nosotros que evidencian mayor proporción de la raza de los Profundos en sus cuerpos. Inmensos ojos globulares, dedos palmeados en pies y manos, pero sobre todo, oscuras pieles costrosas, además de características sexuales indescriptibles. Aunque, en este país, creo que muchos pasaríamos desapercibidos entre los humanos, a decir verdad.

Peor aún. A escondidas de los demás, he efectuado ocasionales incursiones fuera de los límites que los ancianos del consejo nos han impuesto. He hurgado en naufragios, he ocasionado accidentes en embarcaciones para robar muestras de la nueva tecnología de los humanos. Como los actuales teléfonos móviles con acceso a internet. Y he visto…

He visto a nuestros hermanos del Norte paseando a la luz del día, viviendo en las grandes ciudades de los hombres. Los he visto navegando en barcos de lujo, comiendo cosas prohibidas, cazando fuera de las fechas sagradas, tomándose fotos en los muros de la mismísima R´Lyeh. Algunos hasta participan en los asuntos públicos de los grandes países, y tienen más riqueza y poder que muchos humanos.

Sin que lo sepa mi pueblo, he aprendido a usar mejor estos aparatos, y he iniciado un contacto prohibido con uno de mis primos que vive en el Norte, quien tampoco está de acuerdo con la manera en que nuestros mayores llevan los asuntos de nuestro pueblo. Me dice que está recluido en centro especial, al parecer, un manicomio regentado por su propia gente para casos como el suyo… o como el mío.

Estoy elaborando un plan para poder viajar al Norte, sacar a mi primo de ese manicomio, y buscar una nueva vida en los Estados Unidos. Ya no nos sumergiremos en búsqueda de los Profundos, ni de sus ciclópeas ciudades submarinas. No nos interesan los horrores y los prodigios de R´Lyeh y Y'ha-nthlei. Nos bastarán la maravilla y la gloria del mundo que han creado los humanos.

Teoría del bosque oscuro

Eïrïc R. Durändal Stormcrow

Eïrïc R. Durändal Stormcrow (San Juan, Puerto Rico, 1980). Es escritor y artista plástico. Como escritor, ha publicado los poemarios Bestiario en nomenclatura binomial, Empírea: Saga de la Nueva Ciudad, Pie forzado, Terrarium y Hustler Rave XXX: Poetry of the Eternal Survivor (junto a Charlie Vázquez); las novelas el Oneronauta e Historias para pasar el fin del mundo; los libros de cuentos Desongberd, Las formas del diablo y Cielos negros; la memoria de sexo Diario de una puta humilde; el libro de viajes Crónicas del esmog, y las antologías Los otros cuerpos: antología de literatura gay, lésbica y queer desde Puerto Rico y su diáspora (junto a Moisés Agosto-Rosario y Luis Negrón) y Felina: antología para gatos (junto a Cindy Jiménez Vera).

65

ucha gente —comienza Brynjólfur Irisson, un criptozoólogo estudioso de los poquísimos indicios de megafauna remanentes en el planeta— repite las incógnitas incorrectas de cómo llegamos aquí y para qué, sin preguntarse qué había antes de nosotros, o sea, de este universo que nombraremos Universo #2.

El hombre domina a su público con sus ojos azules. Agarra aire y suelta lo que de seguro será la cita con que será inmortalizado.

—Cabe preguntarse si nuestro universo correrá la misma suerte que el primero y cuáles son los indicadores del nuevo Big Bang.

La muchedumbre aplaude. Estudiantes, profesores y periodistas se han leído su libro, ese encantador tratado de física cuántica y criptozoología titulado Fyrsta uppruna lífsins o El primer origen de la vida, ilustrado por su fenecido esposo, el ilustrador Ragnar Björgúlfsson. Una mujer hace fila frente al micrófono.

—Esto es pseudociencia. Sé que es una teoría suya y entiendo lo que la palabra "teoría" significa en la ciencia, pero ¿cómo es posible adivinar que hubo un universo cuya destrucción marcó el inicio del nuestro? ¿Qué evidencia hay?

El profesor diserta sobre los quarks y su comportamiento en el mundo cuántico, por ejemplo, cómo viajan a través del tiempo y del espacio. Describe el mundo cuántico como una "fina tela que recubre lo que conocemos y es posible conocer", a través de la cual se hacen inferencias educadas. La multitud aplaude como las focas en Seaworld.

El auditorio se vacía a medida cada foca obtiene el preciado autógrafo del criptozoólogo, el suvenir de una experiencia irrepetible pero inolvidable, aún si el Fyrsta uppruna lífsins termina en la gaveta de los calzoncillos o como soporte de una mesa de tres patas. Da igual. ¿Cuán a menudo se da la oportunidad de conocer a un freak que ha dedicado su vida a los sasquatchs?

Una rubia asiática se le acerca.

—Profesor Irisson. ¿Podemos hablar?

—Ya me iba. Mañana me espera un día largo.

—Entiendo. No le tomaré mucho tiempo, lo prometo.

—Dígame.

—Trabajo para Terranostrum, una institución encargada de combatir la erosión en las costas.

La mujer le entrega un cartapacio con fotos y documentos. Una foto en particular muestra la isla de Puerto Rico vista desde el aire y en negativo. Una silueta fosforescente muestra una estructura larga y delgada, de punta afilada, enterrada desde El Morro hasta el Puente Dos Hermanos.

—¿Qué estoy viendo?

—Parece un colmillo.

Ólfur, como le llaman sus amigos, se voltea hacia la mujer con los ojos bien abiertos.

—No sabemos qué es y no es lo único que hemos encontrado. Hubo unas excavaciones en el Viejo San Juan. Los adoquines se hundieron por el peso de los automóviles y revelaron una red de túneles cuyo destino se desconocía. Quédese con el dosier. Su avión sale mañana.

⚡Ψ ⚡

Al salir del jet privado, le abofetea el calor húmedo y pegajoso del Caribe, como si se estuviese asando desde adentro o fuese bañado por la reciente eyaculación de una ballena azul. Desde el aeropuerto de Isla Grande, se ve obligado a tomar un taxi hacia el Viejo San Juan, que le cobra el doble que un Uber. Gracias a la reciente guerra que los taxistas unionados le declararon a la compañía, llegando incluso a los cristales rotos, los neumáticos acuchillados y los tiroteos, el gobierno legisla para que la compañía no rinda servicios en área turística.

—¿Adónde quiere que lo lleve, señor?

—Al Morro, por favor.

—Son $24.75.

El islandés levanta sus cejas tanto que se asoman por encima de sus gafas oscuras. Igual paga, respira hondo y trata de disfrutar lo que puede del panorama. El Viejo San Juan abre sus piernas como se las abre a todo el mundo, con una calle Norzagaray verrugosa de automóviles, venérea de grafiti y basura, cundida de deambulantes y afeitada de árboles por el último huracán que barrió la isla. A dos años de la tragedia de María y la isla apenas se recupera, piensa. Esto, de veras es el capitalismo del desastre.

Pasa La Perla y arriba al Morro. Sale del taxi y carga al hombro con su maleta de ruedas, porque sabe que la gravilla terminará por destrozarla. Camina hacia el edificio de información del castillo donde aguarda una asiática de cabello azul con un bolso tropical casi tan grande como ella.

—Bonito color —dice Ólfur.

—Gracias. ¿Quiere dejar la maleta en el hostal?

—No. Quiero ver el descubrimiento.

—Sígame.

—No me dijo su nombre cuando nos conocimos.

—Así es.

La mujer lo conduce a través de túneles recubiertos de cal que llevan a cierta garita que la gente tiende a ignorar, puesto que las garitas no ofrecen nada más allá de un conveniente inodoro. La mujer le dice que se tape la nariz, pero la peste a mierda es tan trascendental que, si no se huele, se imagina. Al fondo yace un hueco abierto por el peso de las edades, o más bien por el descuido del gobierno colonial. La compañía ha instalado una suerte de escalera que aparenta no tener fondo.

—¿Cuánto se baja?

—Solo un piso, luego está la escalinata escondida, que es circular. Bajaré primero. Luego, deme su maleta.

Descienden lo que parece horas, días y semanas. Uno nunca se encuentra en la oscuridad húmeda de una bestia centenaria de piedra, argamasa y cal, el océano Atlántico en su eterna tarea de menoscabar la cuenca, en la letanía cantada por las pisadas sobre charcos de agua... Es como descender a las entrañas del planeta y terminar en el espacio sideral. Llegan a una recámara iluminada a la antigua, con antorchas que parecían haber estado allí desde antes de los españoles, e incluso de los igneris. Al final del pasillo yace otra alcoba con símbolos cuneiformes.

—¿Ya sacaron la fecha de esto?

—Con carbono 14. Es real y prehistórico.

—Sí, pero ¿cuneiforme en el Caribe?

—Tal parece —dice la asiática con exasperación.

—Dios… Es tan real que parece un montaje.

Más allá de la recámara, existe una apertura en la pared norte que apunta a un abismo interminable para el ojo humano, con lo que parece un colmillo gigante.

—Eso es un comensal, ¿no? —pregunta la mujer.

—O la punta de la punta.

La mujer se sobrecoge.

—Perdón. Soy islandés. Mi gente piensa todo en términos de icebergs. Así nada nos sorprende.

Se detiene a entender las dimensiones de lo que está viendo, a limpiar su mente de las implicaciones para poder entender el descubrimiento mismo.

—¿Qué más descubrieron?

La mujer saca otro dossier de su enorme bolso tropical. Ólfur ríe. La asiática lo mira serio.

—¿Qué estoy viendo?

—Un libro con la misma escritura. Está hecho de piel humana y de animales extintos. Se conserva en muy buen estado.

—Está a mitad.

—Así es. Esto es lo que se encontró.

—¿Y los decodificadores?

—No tienen mucho. Hasta ahora, el título es algo así como El libro de los llamantes.

—¿Llameantes?

—No. Llamantes. ¿Summoners?

—¿Usted me está diciendo que lo que se encontró aquí es un colmillo de millas de largo y un grimorio?

—No. Lo que encontramos aquí es la punta de la punta de un colmillo y el grimorio.

—El más antiguo de todos —murmura él— antediluviano, si se quiere…

—Tal parece.

Ólfur frunce el ceño y ríe.

—¿Y entonces? ¿Por fin me va a decir qué hago yo aquí?

⚡Ψ ⸙

Una inspección más cuidadosa revela que la escritura no es cuneiforme, sino cuadrados que encierran diseños geométricos, a veces arabescos, pero que narran un cuento. Cada carácter dice su historia. De regreso a su oficina en Lambton College, Ólfur cierra las ventanas que dan a la bahía. Abre su maleta y saca las fotos de los hallazgos en Puerto Rico. Necesita organizarse, pero lo que ha visto le aclara ciertas dudas: (1) la escritura es mucho más vieja incluso que la sumeria arcaica y (2) hay un ritmo en las ilustraciones encerradas en los cuadrados. Se trata de un lenguaje que cambia con la lectura. Una de las reglas de la física es que lo observado muta ante la mirada. ¿O es el cerebro el que muta ante lo que ve?

Durante los próximos meses se dedica a descifrar el código. Descubre la existencia de los Viejos, una raza que el libro describe como [símbolo de dios] en algunos pasajes y [alienígena] en otros. Según el libro, los Viejos tenían un [universo/cielo/cosmos] que destruyeron durante una [guerra/Armagedón] y crearon el nuestro con una [explosión/expansión]. Al año, barbudo, ojeroso y maloliente, descubre el nombre del Viejo: [pulpo/humanoide/ verde/venenoso/ácido], que es del tamaño de [3/30] [estrellas/ planetas/Júpiter]. Sonaría como /kΘülü/. Al año y medio, con el cabello llegándole a la cintura, la barba al ombligo y la fiesta perenne de moscas a su alrededor, descubre el ritual para llamarlo, una letanía que suena algo así como Ph'ngluimglw'nafh Cthulhu R'lyeh wgah'naglfhtagn. O tal vez perdió la cabeza. La oficina da vueltas. Ya ni se ducha, ni come bien, ni bebe suficiente agua, ni hace nada más que gritarle a sus estudiantes, impaciente, que no saben un culo del universo, malditos millenials de mierda, para lo único que sirven es su eterna guerra de identidades. Ólfur sabe que, como buena hormiga, acaba de descubrir al oso hormiguero, o tal vez al jaguar que se ríe de su miedo del hormiguero, o tal vez el oso que se ríe del miedo del hormiguero hacia el jaguar. O tal vez ha descubierto la deidad dragona que se ríe de los miedos de toda criatura inferior. Tal vez descubrió la existencia del animal más grande del mundo, tan grande que no cabe en este planeta, tan grande que no existe ápex que le cause miedo. Y entonces, se desmaya. Sueña con que no es más que un grano de polvo en el universo y tiene razón, su vida misma pende del hilo de una deidad dormida, una entre tantas cuya guerra destruyó el primer universo.

Al despertar, grita, se rasga la ropa, se aruña, escribe con su sangre en las paredes, luego se masturba hasta cagarse encima, se bebe los orines y se baña en ellos. Tiembla sin control. Grita una y otra vez, Ph'ngluimglw'nafh Cthulhu R'lyeh wgah'naglfhtagn, sin saber que la clave del ritual es que a Cthulhu se le llama bajo un delirio total.

La puerta estalla de golpe. La asiática de cabello verde entra con hombres armados que sujetan al profesor Irisson, mientras le inyectan un tranquilizante.

✹ ♈ ♐

Un bofetón lo despierta.

—Esto mismo era lo que quería prevenir.

—¿Dónde estoy?

—¿Recuerda su nombre?

Le da migraña recordarlo.

—Usted se llama Sfjsnh Sfjcizderg.

—¿Cómo?

—Tewjcalsk Qwzeoprkx. Ese es su nombre.

—No entiendo nada. ¿Dónde estoy?

La asiática está a punto de llorar de la desesperación.

—Usted no sabe lo que ha hecho. Por eso le arranqué la mitad al libro. Esto no podía pasar.

Fsvwriou Zxmcgrio no responde. Le falta la lengua. Es como si reconociera los colores, pero cuando tratara de pronunciar sus nombres terminase contando del 21 al 45. Reconoce olores en formas de luz. Siente en su piel el sabor de la electricidad mezclada con azufre y lavanda.

—¡Coño, usted es un criptozoólogo! ¡Experto en física cuántica y antropología!

El hombre solo escucha confuso, los ojos extraviados, fuera de órbita.

—Teoría del bosque oscuro. Los alienígenas existen, pero no quieren saber de nosotros. Y se esconden, porque son hostiles.

71

A lo lejos, el cielo se ilumina. En Puerto Rico, la punta de la punta del colmillo enterrado brilla y de un solo vuelo, destruye la capital completa en su desesperado intento por regresar a su dueño, un gigante del tamaño de 30 Júpiteres, de rostro humanoide, no que podamos verlo desde nuestros ojos tan hormiga, con tentáculos verdes de pulpo ácido y venenoso. Cthulhu y el principio del final. Cthulhu que ni se digna mirarnos. Cthulhu que grita al universo en busca de sus antiguos enemigos. Cthulhu que, de un zarpazo final, desintegra todo lo que conocemos, lo que conocimos y lo que hubiéramos podido conocer.

Recuerdo de un viaje estelar

Giulio Guzmán

Giulio Bettino Guzmán Arce (Lima, 1982) estudió Física (ciencias) en la UNMSM. Posteriormente estudió Bibliotecología y Ciencias de la Información en la misma universidad. Ha trabajado en bibliotecas entre ella, la Biblioteca Nacional del Perú, en la Dirección de Investigaciones en Bibliotecología y Ciencias de la Información. Ha publicado en Umbral Revista Peruana de Literatura Fantástica (2012, 2014), Revista Literaria Monolito de México (2012), Disidia Revista de literatura fantástica y de ciencia ficción (2018), Teoría Omicrón de Ecuador (2019), El narratorio (2019) y en la última antología elaborada por el profesor e investigador Elton Honores: Noticias del futuro. Antología del cuento de ciencia ficción peruano del siglo XXI. Ha publicado el libro de cuentos de ciencia ficción Simulador de irrealidad (2018).

reo que era Orión. La he visto. Estuve ahí o tal vez era una nebulosa parecida. ¿Cómo sería posible? He recibido un mensaje.

Me escribió Viktor. Hemos hablado pocas veces. Tengo que reunirme con él mañana. Sé lo que va a hacer. Lo sabía desde hace un tiempo así como los otros que trabajan conmigo: Seremos despedidos. Trabajo hace seis años en el restaurante de BBQ de mariscos. La situación del país ha desmejorado con la última crisis económica y no habrá nada que cambie nuestra situación. Supongo que Viktor piensa en un nuevo negocio.

He tenido un recuerdo o un sueño no lo sé. Primero galaxias, nebulosas, planetas y ahora la imagen más espantosa de mí mismo siendo secuestrado por algo o por alguien que es difuso, ni siquiera monstruoso y eso tal vez lo haga más insoportable.

La ciudad se ha vuelto violenta. Hace un mes aproximadamente trataron de robarme, estaba seguro de eso cuando dos hombres se acercaron a mí mientras iba por la avenida Norte 35. Encendí mi asistente y el rostro de la aplicación Civil5 me dijo que ya estaba preparada para actuar. El omnipresente estado ahora nos observa mejor y la nueva cara de Civil5 se ve más amigable que la anterior. Los presuntos ladrones desaparecieron pronto al notar que eran vigilados por las cámaras móviles. Ningún programa puede impedir que escenas sobre seres extraños llevándome contra mi voluntad e insertas en mi mente me sigan acosando. Las imágenes son rápidas, confusas pero aterradoras.

Viktor me dice al día siguiente: "Nos gusta tu labor en la empresa, espero que entiendas que…". Bla, bla, bla…lo demás era que ya no tenía trabajo. Aun anticipándolo no sé qué hacer exactamente. Tengo ideas y algunas pasan por lo excéntrico o por lo desesperado. Yo me había dedicado a cocinar, trabajando sin detenerme nunca. Es inconcebible estar parado laboralmente por mucho tiempo y sin embargo ahora el futuro se presenta incierto. Después de mi infeliz reunión regreso a casa y Civil5 se comunica conmigo para ver el asunto del seguro de desempleo, el trámite es rápido y será de gran ayuda por un tiempo. La amable mujer que representa a Civil5 termina diciendo: "…pronto tendremos propuestas de empleo para ti"

Hablo con Lena cuando llega de su trabajo. Le digo que todo va a estar bien, que no se preocupe. Ahora me dedico a una primera planificación de lo que haré próximamente. Algún pequeño negocio de comida rápida saludable en el que estuve pensando un tiempo y que puede ser un riesgo no tan complicado. Llamo a Nils para decirle que mañana sábado no podré ir al juego, no tengo tiempo ni ganas pare eso ahora. Le cuento mi problema y me recomienda que algo inmediato y efectivo seria participar probando nuevos medicamentos recordándome su paso por esas actividades. Le digo que es posible que lo haga.

Es más detallado ahora. La escena donde me llevan de la puerta de mi casa. Un vecino gritaba señalando el cielo, yo estaba llegando, saqué la llave para abrir la puerta. Tuve que voltear para ver lo que todos presenciaban con espanto: una luz naranja en el cielo, que hacía que las puertas de las casas se vuelvan poco visibles. Luego estuve inmovilizado, sentado en una especie de sala inmensa. Al fondo podía ver unas ventanas de gran tamaño pero no podía notar qué había afuera.

Ninguna notificación ni llamado de Civil5 ha llegado. Ya pasaron varios días. Si, la situación es desastrosa para todos, y muchas familias van a pasar por lo mismo en este país. He enviado mi currículum a varios restaurantes e incluso bares. Algunos solo dan amables respuestas automáticas e inútiles.

Un mensaje en mi asistente. No, creí que recibí un mensaje, estaba seguro de haberlo recibido. Solo fue mi imaginación. No hay ningún mensaje.

Pienso entrar en el diseño publicitario. He olvidado muchas cosas. Acabo de postular para un trabajo en un lejano hotel en la Antártida también. Ahora estaría dispuesto a ir a cualquier lugar sobre la Tierra. Un mensaje en el asistente. Me dicen que quieren reunirse otra vez conmigo para tratar la posibilidad de trabajo en un antiguo restaurante.

Lo he visto venir. Unos segundos antes que ocurriera, sabía que me llamarían. No lo entiendo, esas extrañas imágenes o imaginaciones vienen acompañadas de algo bueno al menos. Quiero decírselo a Lena pero no puedo, no sé por qué no puedo. El mundo queda paralizado cuando lo intento.

Hoy empecé a trabajar en el restaurante Saint Thomas. Todo bien. Los compañeros son muy amables. El asistente de chef IA es mucho mejor preparado y nos permite probar nuevas ideas en el menú para satisfacer mejor a cualquier cliente con más alternativas. Algunas arriesgadas.

Termina el día de trabajo. Vuelvo a casa y estoy en mi cama, pensando un poco sobre la fortuna de haber encontrado este nuevo trabajo. Estuve cerca de perder las esperanzas.

Una galaxia, ahora es una galaxia de tipo espiral o eso creo. ¿Es nuestra galaxia? Parece que me alejo de ella.

Todos estos días en el trabajo han sido perfectos, ningún contratiempo importante ha aparecido. La recesión ha afectado los negocios pero Saint Thomas pertenece a la historia de esta ciudad, tiene una clientela leal. Vuelvo a casa después de otro día de trabajo. Es más de la medianoche. Las calles están casi vacías. Decido no tomar el transporte 8. Caminaré porque tengo ganas de hacerlo, hace un poco de frio pero no importa. Veo extrañas luces en el cielo. Nuevas aeronaves, experimentales tal vez. Veo a algunos vecinos conversando, saco mi llave para entrar a casa. Alguien señala al cielo y trato de ver bien qué es lo que sucede. Tengo un repentino temor. Las estrellas se unen mediante líneas luminosas, como en la representación de las constelaciones en los libros. Es un sueño o quiero creer eso. Todo el cielo tiene esas líneas formando una red que está cubriendo a esta ciudad o al mundo. ¿Qué está sucediendo? Una luz naranja, poderosa aparece ahora. Quiero correr. Parece venir hacia mí.

"Termina la reproducción"

Alguien me dijo algo. No me lo dijo, quiero decir que fue mental. Me lo comunicaron mentalmente o esa era la forma en que podía describirlo. Había terminado la reproducción y después de la explicación que ellos me dieron, con la pobre comunicación que podemos mantener, lo entendí. Yo no he vivido, solo he recordado. Desde esa vez en que Viktor me escribió, ellos han reproducido mi vida, mi memoria, en cada detalle, en lo mínimo concebible en que se desarrolla la vida de un ser humano. Tan mínimo que creí estar viviendo al recuperar así mis recuerdos. ¿Por qué eligieron reproducir mi vida desde ese momento? Creo entender que es por un asunto de curiosidad y de azar. Pero ¿no es una curiosidad sádica? ¿Que pueden ellos sentir por nosotros? Somos inferiores y ellos seres que son casi eternos (lo he comprendido así, no usan palabras, usan algo que es directo en la mente). Su curiosidad los hizo elegir algunos seres humanos al azar y otros seres vivos. Yo fui llevado sin ningún motivo particular también con ellos y así muchos otros. Hubiera sido preferible quedarse y perecer. Por otro azar decidieron elegir ese momento para reproducir mis recuerdos. Solo revisaban mi mente. No pretenden hallar nada de valor en nosotros, no somos nada para ellos. Pienso que solo serviremos para espantosos experimentos.

No los he visto. Me han tratado de decir el nombre de su raza o especie pero no puedo aun estar seguro de ello. Trato de usar las palabras y lo más cercano que encuentro para nombrarlos son números, no lo puedo entender. El nombre podría ser 779.

Sé que nos movemos. Pero no sé a dónde vamos. ¿Será una nave gigantesca? Es algún tipo de nave. Solo tengo el recuerdo fantástico de las películas para imaginarla.

Hace algún tiempo (¿podría decir días?) hicieron que me comunicara con otras personas, secuestradas también. Hablé un tiempo prolongado con un contador de nombre Antonio y con una anciana viuda que parecía tener más valor que yo para soportar este encierro. ¿Será todo esto un recuerdo también? ¿Esto es solo una reproducción de la memoria?

Podemos comer y satisfacer las necesidades básicas. El ambiente es apenas visible. Una iluminación tenue y misteriosa viene de la parte inferior de las paredes. Me lanzaron un carro de juguete por un orificio el cual se cerró inmediatamente. Al ver ese pequeño objeto, he recordado la palabra hiraeth que me enseñó un inglés hace muchos años cuando trabajaba en un bar. Una palabra con difícil traducción pero que se refiere al recuerdo por algo que ya no existe.

Paramos cierta vez. Lo sé. Descendimos a un lugar que no era la Tierra y he podido ver el exterior. Era caótico, una aterradora tormenta veía a lo lejos y monstruosos seres parecían despertar para acercarse a nosotros, desde muchas direcciones y con innumerables y gigantescos apéndices que parecían pertenecer al horizonte también monstruoso ¿Qué hacíamos ahí? ¿Nuestros captores iban a terminar con ese mundo? ¿Estaban explorando? Se han comunicado conmigo, y me han hecho una clase de pregunta o un pedido por saber que me parece aquel lugar espantoso. No pude decir nada. Muy pronto dejamos aquel mundo de pesadilla. Traté de decirles que quería regresar a mi hogar. Era la primera vez que yo empezaba la comunicación y ahora me arrepiento de eso. Me dijeron que era imposible. La Tierra y los demás planetas que conformaban el sistema ya no existían. No estallaron, fueron abiertos con una delicadeza inconmensurable y fueron convertidos en fragmentos. ¿Qué buscaban? ¿Qué escondía la Tierra y los demás planetas en su interior que pudiera ser tan valioso? Pienso a veces que estas preguntas las hago porque en el fondo creo que nada es cierto y que algún día volveré. Tratan de comunicarme el motivo pero solo puedo entender que fue por un tema práctico que no han querido detallar.

La primera cosa sorprendente que me mostraron fue una nebulosa que me parece fue la de Orión. Es uno de los pocos nombres que recuerdo de fotos astronómicas de mi lejana vida escolar. Esto sucedió antes de la reproducción de mis recuerdos por ello esas imágenes aparecieron en la reproducción, la cual no puede evitar mezclar diferentes momentos de la memoria. Sí, creo que pasamos por Orión y fue misterioso, bello y hasta terrible. No puedo hacer mucho ahora, solo recordar. No sé a dónde llegaré finalmente. Tengo la memoria de Lena, de este universo demencial y la imagen de la tierra como restos de carne en el espacio. Mi esperanza es tener su mismo destino.

Excavación en Cimli 4

Hans Rothgiesser

Hans Rothgiesser estudió economía en la Universidad del Pacífico en Lima, Perú. Hizo un postgrado en periodismo en la Universidad de Gales. Ha escrito seis novelas, de las cuales tres son de terror. Ha trabajado en el Centro de Investigación de la Universidad del Pacífico, en el Instituto Apoyo, en el Instituto Peruano de Economía y en Semana Económica. Ha publicado artículos en El Comercio, Perú 21, Perú Económico, entre otros. Produce y co-conduce el programa semanal de televisión Nación Combi. Ha publicado también cómics y ha escrito guiones para cortometrajes. Ha participado en varios eventos literarios en el Perú, como la Feria Internacional del Libro de Lima, el Congreso Nacional de Escritores de Fantasía y Ciencia Ficción, la Feria Internacional del Libro de Huamanga, entre otros. Ha enseñado en la Universidad del Pacífico, en la Universidad Nacional Mayor de San Marcos, en la Universidad Peruana de Ciencias Aplicadas y en la Universidad de Lima.

uenos días, ingeniero Sisco —dijo la muchacha tímidamente —Déjeme empezar por expresar mi admiración por su trabajo. He leído mucho sobre sus casos y siento que es un gran honor que esté aquí hoy día. Estoy segura de que quedará satisfecho con mi trabajo.

Sisco sonrió, pero no dijo nada. Había aceptado ser juez en este concurso de ciencia para quedar bien con uno de sus patrocinadores.

—Mi nombre es Sona Vernan. Tengo 17 años y he venido a participar con este acelerador de partículas subatómicas. Es un poco rudimentario, pero suficientemente potente como para crear un túnel cuántico. Ya verá.

Silencio en la sala. Todos por unos segundos tuvieron la atención absoluta de Sona. Sisco mismo la miró fijamente. Luego se volteó hacia el público. Casi toda la población de la pequeña colonia en el planeta Cimli 4 estaba ahí.

Sisco tenía a un lado a su asistente Cycle. Al otro tenía al director del colegio, un hombre de avanzada edad llamado Putsno Wao. Sisco se volteó hacia él cuando la niña de improviso salió de escena.

—¿Qué tan en serio debo tomarla? —le preguntó en voz baja. La niña regresó con una carretilla llena con cajas.

—No lo sé. Pero hace dos meses su padre, un brillante físico que trabajaba con nosotros en la excavación desapareció sin dejar rastro —respondió el director, mientras la joven sacaba unas cajas de la carretilla con extremo cuidado—. Esta colonia gira alrededor de las excavaciones arqueológicas en las montañas. Se ha encontrado evidencia de una cultura anterior a las primeras olas de colonizaciones humanas.

Sisco, un hombre frío de hechos y cifras, no pudo evitar soltar un resoplido.

—Yo sé lo que está pensando —continuó el director Wao—. Por mucho tiempo hemos buscado evidencia de que no estamos solos en el universo y no hemos encontrado nada. Pero esta vez es distinto.

—Siempre dicen lo mismo —comentó Sisco.

—No, no. No me entiende. Esta vez es distinto. Esta vez hemos encontrado cosas —insistió Wao en voz baja. Sisco frunció el ceño. Seguía sin estar convencido.

—¿Qué cosas? —preguntó también en voz baja. La muchacha allá abajo seguía descargando su equipo.

—Han encontrado objetos artísticos. Vasijas. Herramientas. Eso fue al comienzo. Pero cuando excavaron a mayor profundidad, encontraron una caverna amplia. Muy grande. Parece que esta civilización se desarrolló debajo de la tierra por alguna razón.

Sisco levantó una ceja. Seguía sin estar convencido.

—Una civilización desconocida que se desarrolló subterráneamente. Tampoco es la primera vez que escucho ésa —comentó Sisco—. Convenientemente para que nadie nunca se haya enterado de que existieron y para que no salgan en los radares y sonares.

—Sí, sé como suena. Pero es cierto. Se lo juro.

—¿Hay fotos que me pueda mostrar? —preguntó Sisco.

—No, por razones de seguridad no tengo ninguna disponible —respondió el director.

—Hm. Qué conveniente.

—Pero es verdad. En serio. El profesor Keen es uno de nuestros más respetados maestros.

—¿Y en dónde está? —preguntó Sisco—. ¿Se encuentra entre el público?

—De hecho, no está disponible. Desapareció misteriosamente hace un par de semanas.

Sisco negó con la cabeza.

—Parece que ésta es una colonia mucho más peligrosa de lo que pensaba. El padre de esta muchacha desapareció hace unos meses y el maestro de historia hace un par de semanas. ¿Alguien más ha desaparecido últimamente?

—Bien, ya estoy lista —interrumpió la muchacha. —Voy a ensamblar el acelerador. ¿Desean que vaya explicando cada paso...?

—Sí—, respondió Sisco afinando la vista.

—No, no es necesario—, dijo con mayor fuerza y decisión Wao. Sona Vernan asintió con la cabeza y comenzó a ensamblar su creación, pero en silencio.

Sisco suspiró y miró alrededor. En la sala había unas doscientas personas. Esta escuela era mantenida por MayCorp como parte de los servicios que proveía a los colonos de Cimli 4. Muchos de ellos trabajaban directamente para la empresa. Otros eran comerciantes o proveedores de servicios que la colonia necesitaba para poder mantener un nivel de vida adecuado.

Eso quería decir que el director Wao estaba atado a las restricciones de confidencialidad propias de un trabajador de MayCorp, la empresa que administraba la colonia. Sisco consideró que no llevaba a nada insistir con él.

—Cycle, dime —le pasó la voz Sisco a su asistente—. ¿Sabes si ya han encontrado algo contundente en esta colonia? ¿Ya se sabe si estos restos lo hicieron humanos o una raza inteligente que no conocíamos?

Cycle se encogió de hombros. Sisco dirigió su atención entonces a la muchacha, quien sonriendo seguía ensamblando su aparato. Parecía ya casi estar lista para la demostración.

—Perdón, pero, tengo una pregunta— Sisco se paró de su asiento y se dirigió a Sona—. Esto que estás armando es tecnología un poco peligrosa. ¿Sabes lo que puede pasar si algo sale mal?

—Algo sobre una explosión, creo haber leído —respondió Sona.

—No, no sería una explosión. No sería una explosión para nada. Podrías crear un agujero negro. O podrías convertir todo el planeta en una esfera súper densa de apenas cien metros de diámetro. Incluso podrías crear un fenómeno que se trague al universo entero. ¿Nadie te ha advertido de esto?

Sona se encogió de hombros de nuevo y sonrió. Sisco se volteó hacia el director Wao.

—¿Quién es el profesor de física de esta alumna? —le preguntó el ingeniero comenzando a sudar.

—Ya se lo había mencionado —respondió el director—. El profesor Rys Keen está desaparecido.

—Hm —dijo Cycle May mientras revisaba información en su computadora portátil—. Según los registros oficiales, no ha desaparecido nadie.

—Obviamente —intervino el director—. Los registros oficiales van al Parlamento. Y si hay problemas, envían gente a investigar. Nosotros no queremos eso. Habría retrasado la excavación. Y teníamos prisa.

—¿Puedo volver a ensamblar mi proyecto? —preguntó la muchacha.

—¡No! —gritó el ingeniero. Todos en la sala se le quedaron mirando.

Sisco se volteó hacia la multitud. Nadie dijo nada por unos segundos.

—¡Ya siéntate! —gritó alguien en el público. Una voz de mujer—. He venido a ver a mi hija cantar el himno de la colonia. Viene después de este experimento.

—Bueno, entonces, ¿continúo? —preguntó Sona con una sonrisa de oreja a oreja.

—No —Sisco de un salto se subió al podio y empujó a un lado a la muchacha. Luego tomó su proyecto, compuesto de cables y de esferas transparentes y de otras partes, y lo arrojó con toda su fuerza al piso. Piezas salieron disparadas en todas direcciones.

La audiencia se quedó en silencio. La muchacha se llevó las manos a la cabeza.

—¡Qué ha hecho! —le gritó a Sisco. Había perdido el equilibrio y había caído sentada al piso. Ahora se paraba con las manos en puño. —¡Qué ha hecho! ¡Ahora tendré que repetir el año!

Cycle May se subió al escenario de un salto y se paró junto a Sisco. Le susurró con una sonrisa nerviosa en la cara.

—Ingeniero... No hemos traído resguardo de seguridad. Solo estamos usted y yo. Ni siquiera tenemos armas. Si esta comunidad nos lincha, no vamos a poder hacer nada al respecto.

—Oiga—, un padre se paró entre el público. —¿Tiene este juez permiso para destruir uno de los experimentos? ¿Va eso con las reglas?

—No, no realmente —se paró el director Wao dirigiéndose a los padres de familia con voz autoritaria. Luego se volteó hacia Sisco y Cycle. A ellos les habló en voz baja—. Mucho me temo que voy a tener que pedirles que se retiren de inmediato, señores. Ustedes no pueden venir y comportarse de esta manera—.

—Pero... El acelerador de micropartículas puede... —comenzó a explicarse Sisco.

—No hay de qué preocuparse —trató de calmarlo Sona—. Yo he seguido al detalle las instrucciones y los planos que mi papá trajo a casa de la excavación.

—¿Qué planos? —le preguntó Sisco preocupado.

—Estos planos —dijo Sona mostrando unos rollos que estaban en una de las cajas—. Los trajo mi papá de una excavación antes de desaparecer.

—¿Quiere eso decir que has estado armando un artefacto que podría tener origen no humano? —preguntó Cycle levantando las cejas—. ¿Te das cuenta de lo irresponsable que es eso?

Sona lo miró y se encogió de brazos otra vez.

Cycle y Sisco se voltearon para darse cuenta de que varios otros padres se habían parado y no parecían contentos.

—Va a ser mejor que se retiren, señores —les dijo Wao en un volumen suficientemente alto como para que lo escuchen ellos dos, pero nadie más.

—¿Por qué no podemos adorar a los viejos dioses? —gritó otro padre que se paró.

Tenía que huir, no había otra solución. Huir y alertar a las autoridades de lo que estaba sucediendo aquí. Tendría que hacerlo pronto. No vaya a ser que reconstruyan su acelerador de micropartículas antes y destruyan todo el universo.

Para eso voy a necesitar los planos, pensó Sisco. Y sin realmente pensarlo, se estiró y cogió el rollo de papeles que Sona había mencionado.

—Hey, eso es mío —dijo la muchacha. Ella intentó arrebatárselo, pero Sisco la sujetó de la ropa y la lanzó para atrás. Sona cayó sentada en el escenario.

Los padres de familia mantuvieron silencio en sorpresa.

Ahora no había marcha atrás. Debían escapar.

Cycle y Sisco corrieron por el pasillo que llevaba a la salida trasera del pabellón que incluía el escenario. Salieron a un gran jardín en la meseta en la cual se ubicaba el colegio. A un lado estaba el espacio en el que estaban estacionados los transportes de los colonos. Algunos eran voladores, otros eran terrestres.

En la órbita del planeta se encontraba su nave espacial esperándolos, la Málaga Marca 7. Para llegar a ella se subieron corriendo a un pequeño transporte con el que habían bajado. Sisco no esperó a que Cycle inicie el protocolo de despegue para cerrar la puerta. Llegó a ver cómo la gente salía en turba del colegio y los buscaba.

—¡Despega! —gritó Sisco. —¡Sácanos de la atmósfera! ¡Ahora!

Por una de las ventanillas Sisco pudo ver cómo algunos de los miembros de la turba subían a transportes aéreos y pretendían seguirlos. No podía distinguir sus expresiones faciales a esa altura, pero por la forma como corrían se podía concluir que estaban molestos. Muy molestos.

—¡Rápido! ¡Sal de la atmósfera! —le insistió Sisco con la seguridad de que los transportes con los que los iban a perseguir no podrían salir a la órbita del planeta. Y que las autoridades que los podrían obligar a regresar, la flota del Parlamento, estarían interesados en lo que el ingeniero tenía que contarles.

Cuando por fin estuvieron en órbita dirigiéndose a la Málaga Marca 7, que los sacaría de ese sistema solar, Sisco pudo respirar tranquilo. Recién entonces recordó que tenía en la mano los planos que le había quitado a la muchacha.

Se arrodilló y extendió el rollo en el piso. Y pudo ver su contenido.

Eran retazos de periódico. Mostraban noticias de la semana anterior. No contenían planos o indicaciones técnicas. Nada que sugiriera a una escolar cómo ensamblar un acelerador de micropartículas.

Sisco caminó lentamente hasta la cabina, en donde se sentó junto a Cycle.

—Dime, Cycle, ¿cuál era el título del evento del que acabamos de huir? —preguntó sonriendo.

—Pues, si mal no recuerdo, era Feria de Ciencia de la Secundaria IX de Cimli 4—, respondió el joven—. ¿Por qué?

—Acabo de recordar que la sicología también es una ciencia —comentó Sisco—. Y creo que hemos sido sujetos de un experimento en histeria colectiva. Si aun soy juez de esta feria, creo que voy a nombrar a esta Sona Vernan ganadora. Y quizás incluso le ofrezca trabajo.

Él, la madre

Iñaki Sainz de Murieta

Iñaki Sainz de Murieta (Donostia-San Sebastián, 1985) es un escritor guipuzcoano que trabaja principalmente la ficción para adultos, y otras publicaciones ligadas a estudios de antropología social y cultural. Ha publicado la colección juvenil "Las aventuras de Kanide" cuenta ya con cinco volúmenes y en breve será publicada en euskera y el cómic "El ocaso mexica - Moctezuma Xocoyotzin" (Editorial Verbum). Dentro de su formación académica, cabe destacar su licenciatura en Antropología social y cultural por la Universidad del País Vasco (UPV/EHU), ampliada después con un Máster en Ciencias Religiosas por el ISCR Pío XII, de San Sebastián. Es también diplomado en Magisterio (UPV/EHU), cuya profesión ejerce actualmente en la red pública vasca.

Más tarde, al recobrar el sentido, se dio cuenta de que estaba colgando boca abajo. Afortunadamente para él, un pequeño acebo le había impedido seguir descendiendo a cambio de unos pequeños cortes superficiales. Estaba magullado, sí, pero nada le dolía tantísimo como para pensar que tuviera algo fracturado. Echó la cabeza hacia atrás, dejándola caer, y observó el agujero por el que casi había terminado siendo sumido. De repente, el terror cobró forma. A escasos metros de donde él se encontraba, vio palpitar, contraerse y expandirse a una masa medio sanguinolenta de la que parecían brotar las extremidades y los rostros de distintos animales, todos ellos liberados de su estructura ósea más elemental. Pero lo peor de todo es que no parecían estar muertos, aunque tampoco nadie podría haber asegurado jamás que estuvieran vivos. De repente, algo aulló en las profundidades y su sonido se extendió a lo largo de la cavidad. Aquella era un cacofonía gutural y desgarradora, amplificada por las reverberaciones producidas en la roca. Aquello ya fue demasiado para sus nervios. Se irguió tan rápido como pudo y comenzó a ascender la pendiente ayudándose de los bastones.

Al llegar al límite superior no se detuvo, sino que siguió corriendo a trompicones hacia su vehículo, cayendo, revolcándose y volviéndose a levantar. La luz era la culpable. Había comenzado a sentir síntomas de fotofobia que se agudizaban con el paso de los minutos. Además, un extraño dolor muscular tampoco le ayudaba a mejorar sus prestaciones. Se sentía cada vez más débil y agotado. En un momento dado, intentó aclararse los ojos con agua, pero no le valió para nada. Necesitaba acudir al médico cuanto antes.

Llegado al vehículo, desbloqueó las puertas y se dejó caer en el asiento del conductor. Había perdido los bastones en algún momento de la carrera, pero aquel detalle se le antojó insignificante. Rebuscó en la guantera sus gafas de sol y se las enfundó. Aquello le brindó un alivio momentáneo, pero eficaz. Al menos, ahora podía mirar hacia el horizonte sin tener que cubrirse con los brazos.

Intentó tranquilizarse, pero no podía obviar lo que acababa de vivenciar, como tampoco podía olvidar la sensación causada por aquellas malditas esporas que casi lo ahogan. La culpa la tenía aquella maldita seta. La culpa era de la estrella roja, de ella y de sus cinco tentáculos rojos que como un diabólico pentagrama habían sellado su destino. Si no hubiera sido por ella, nada le habría pasado. Si no hubiera sido por ella, no tendría millones de esporas en sus mucosas y recorriendo su torrente sanguíneo. Maldita ella y su mala estrella. Maldita su suerte y maldito él.

Arrancó el coche y comenzó el viaje de vuelta hacia casa. Allí, tal vez, podría organizar su cabeza, llamar a algún familiar y pedirle ayuda si lo llegaba a considerar necesario. Pero todo empezaba por llegar a casa, lo que no iba a resultar sencillo.

Durante el trayecto comenzó a sentir que su piel comenzaba a formar extraños pliegues y que sus dedos se aferraban al volante con una extraña elasticidad. El aspecto que comenzaba a dibujarse en el espejo no resultaba nada halagüeño. De repente, las gafas se le cayeron de la nariz y tuvo que sujetárselas contra el rostro como buenamente pudo, mientras sus dedos se combaban por la presión. Asustado, metió una marcha más y aceleró. El cuatro por cuatro parecía volar sobre el asfalto.

Tras una serpenteante y complicada carretera de montaña, vislumbró al fin las casas de madera y piedra que salpicaban el hermoso valle de sus ancestros. Los campos de colza ya habían sido sembrados, mientras que el resto de la tierra se guardaba en reposo, protegiéndola de las más que probables heladas del invierno.

Al llegar a las estribaciones del pequeño pueblo donde había residido su familia las últimas trece generaciones, aminoró y tocó repetidamente el claxon esperando que, por alguna casualidad, alguien acudiera a su llamada. Pero no obtuvo respuesta. A juzgar por la hora, todos debían de estar aún en la ciudad. Aparcó el vehículo bajo uno de los aleros de la sidrería familiar donde tenía su residencia, apagó el motor y abrió la puerta del coche. Extendió las piernas y dio un pequeño salto. Cayó de bruces en el suelo. No tenía tensión muscular suficiente para sostenerse en pie. No iba a resultar fácil.

Imposibilitado como estaba, decidió arrastrase hasta el lagar, por cuanto que estaba ubicado en la planta baja y permitía el acceso directo a los servicios del restaurante. Desde allí podría descansar y llamar por teléfono en busca de la ayuda que tan imperiosamente requería. Sin embargo, todo quedó en un propósito. De súbito, su cuerpo comenzó a sufrir violentas convulsiones y espasmos. A partir de ese momento, su esquema mental y su pensamiento mutó. Había dejado de ser él, de controlar su cuerpo y su razonamiento. Su sinapsis se había colapsado y había dado lugar a un nuevo ente, consagrándose como la única realidad biológica del organismo que había parasitado.

Tras desprenderse de sus ropas, se arrastró hasta uno de aquellos gigantescos y envejecidos toneles en torno a los que, cada año, la gente se agolpaba para disfrutar de su preciado líquido mientras degustaba la mejor carne.

Para entonces, sus hermanos y él ya habían preparado todo lo necesario de cara a la próxima temporada de sidra y habían limpiado las cubas para su posterior uso. Tan solo necesitaban que les llegara el ansiado pedido de manzana bretona para dar inicio al proceso. Pero, a él nada de aquello le importaba ya.

Abrió la tapa y con la primera bocanada comprobó que olía intensamente a moho y humedad. Aquel era el lugar perfecto para completar su metamorfosis, para la que resultaba completamente indispensable la más absoluta ausencia de luz.

Gracias a un complicado escorzo, empezó a introducirse en el gigantesco recipiente a través de la pequeña abertura que los sidreros utilizaban para retirar la madre y limpiar las cubas. Era aquella una tarea peligrosa que en su momento le había llegado a costar la vida a su propio abuelo, como consecuencia de inhalar los vapores tóxicos del alcohol. Pero de eso hacía ya muchos años, muchísimos, si bien, para entonces, el tiempo había dejado de tener sentido para él. Ahora tan solo seguía a su instinto, el mismo que lo impelía a cometer el mayor pecado que todo hombre puede cometer contra sí mismo. Aunque, seguramente, para entonces había dejado de ser ya humano.

Introdujo primero un brazo, seguido del hombro; luego la cabeza, el otro brazo, el torso y finalmente las piernas. Cerró la tapa tras él y se arrastró hasta el fondo de la cuba. Apoyó la espalda contra la madera y dejó que la maldición que había recaído sobre él cumpliera con su cometido. Poco a poco, su cuerpo se fue convirtiendo en una masa viscosa y macilenta hasta fundirse con las tablas de madera.

Su último pensamiento fue que ahora le tocaba a él ser la madre de la sidra que algún día se fermentaría allí. Ese sí que sería un digno final a su corta e inútil vida humana. Un final que se convertiría en un nuevo principio de la mano del germen que brotaba dentro de él. Un comienzo que brotaría de la mano de la sidra nueva, por la que una multitud brindaría y con la que saciarían la sed.

El agua sangre

JD ESTRADA

JD Estrada (1980) Autor puertorriqueño. Posee estudios en psicología, mercadeo y publicidad y tiene sobre quince años de experiencia en comunicaciones, lo que influye en su obra literaria. Cuenta con quince publicaciones y funge como director creativo en una agencia de publicidad en Atlanta, donde reside. Pertenece a Boradleaf Writers Association y contribuye con Go Indie, una plataforma para artistas independientes. Ha explorado en su narrativa los géneros de la fantasía urbana, fantasía juvenil, la poesía y la no ficción. Entre sus publicaciones cuenta con la novela *Only Human* (2013) y su secuela *Shadow of a Human* (2016), la novela juvenil *Given to Fly* (2018), la obra bilingüe *Twenty Veinte* (2016), los poemarios *Between the Tides: Ebbs of Poetry in a Stream of Thought* (2014), *Dark Strands: Stirrings Beneath the Surface* (2015), *Captured Moments: Glimpses of Life Caught in Verse* (2015), *Pensando en Metáforas* (2016), *Roulette of Rhymes* (2017), *Black Tie Affair* (2017), los libros de no ficción *For Writing Out Loud* (2018) y *Peace, Love, and Maki Rolls: A Guide to Creative Kindness* (2018).

93

ay síntomas que indican cuando la muerte se avecina: el color de la piel, los latidos, la respiración entrecortada, cuando desaparece el apetito y en algunos casos, hasta alucinaciones.

Vicente de la Fosa ha vivido una vida excepcional. Aunque el éxito le ha encontrado de un sinnúmero de maneras, siempre ha dicho que su fortuna vino a base de mucho esfuerzo y sacrificio. Lleva finalizando su testamento porque, aunque esté consciente, le dice a quien quiera escucharle que la muerte viene por él.

Los doctores indican que comentarios como este se deben a los varios padecimientos que le acompañan: el insomnio, la fatiga crónica y una sensación que lo obliga a carraspear o toser continuamente, entre otros.

—Es como tragar arena y que se quede en tu garganta —así lo describe, y no hay líquido, comida o medicamento que le quite esa sensación. Siendo paciente terminal, hay muchas posibilidades. De hecho, su tratamiento se cataloga como paliativo. No hay cura, sólo se busca algo de calidad de vida antes de lo inevitable.

꒞ 𝄐𝄐

—Por las noches se le escucha hablando —le dice una enfermera a un joven de pelo negro, tez café claro y cara lampiña. La mirada del muchacho expresa preocupación de sobra por su tío abuelo y posiblemente por ella.

—¿Qué dice? —le pregunta.

Con ojeras de al menos medio kilo cada una y su mirada perdida en la nada, le contesta:

—El agua sangre me ahoga. No puedo respirar por el agua sangre. La arena me sofoca. Eso es el agua sangre. El agua sangre. Sálvame del agua sangre.

El joven traga saliva y le responde:

—Siempre nos llevamos bien, pero nunca hubiese pensado que pidiera tan insistentemente por mí, especialmente en sus últimos momentos. Ya firmé el registro, dama. Fácil el nombre porque somos tocayos.

Lo último lo dice con una sonrisa genuina pero la cara de la enfermera lo mira como si fuese la primera vez que registrara su cara. Ni le devuelve la sonrisa ni se digna de parpadear.

—También se parecen —dice seca y seria.

—Habitación 409. Cuarta puerta a la derecha.

—Gracias —dice el Vicente joven—. Trate de descansar.

Con la mirada perdida hacia una esquina, la enfermera no le responde y se va caminando por otro pasillo con paso sonámbulo. Antes de que Vicente pueda decirle nada, se abre la puerta del 409 y ve salir un doctor con cara grave. Cuando mira a Vicente, sube una ceja.

—Déjeme adivinar, Vicente.

Por su parte, el joven no sabe cómo reaccionar a la expresión del doctor y se siente culpable de algo sin saber qué. Sólo asiente con la cabeza y murmulla un sí a medias.

—Se parecen mucho —dice el doctor, aunque no necesariamente con tono halagador.

—Me lo dicen a cada rato.

—Está muy malo… su abuelo.

—Tío abuelo —le corrige Vicente.

—Vale… tío abuelo. Rehúsa que le visite un cura insistiendo que le tiene que ver a usted primero. Déjeme no quitarle más tiempo. Si le puedo ayudar con algo, me deja saber. Si no, el enfermero asignado le ayudará.

—Gracias, doctor —responde Vicente sin poder decir mucho más para despedirse. Antes de abrir, toma un buen respiro, lo aguanta en su diafragma, abre la puerta y entra.

La habitación está oscura y helada, aunque el frío no es como nada que Vicente haya sentido en su vida. Hay una cortina a medio andar y con cada paso que da, ve más de la cama y quien la ocupa. El anciano luce frágil, congelado del miedo y su garganta emite un sonido desgarrador que le hace temblar la espina al joven.

—Hola, tío —dice suavemente. Al oír la voz, la vista del señor gatea por la pared lentamente hasta coincidir con la de su sobrino nieto.

—¿Vicente?

—Sí, tío. Me dijeron que pediste por mí y me habías enviado llaves de tu casa.

El semblante del viejo es una mezcla de terror y alivio, alegría y miedo, victoria y arrepentimiento... y su voz al hablar sólo refuerza ese entremedio de sentimientos y sensaciones.

—Qué bueno que... que estás aquí —carraspea fuertemente y el *ajjjk* que retumba desde su laringe suena como si la muerte estuviese de camino— qué... qué bueno... Necesito que vayas a la casa. ¡*Ajjjk*!

—¿Por qué, tío? ¿Qué necesitas?

—Necesito algo de la cava. No queda mucho tiempo. ¡*Ajjjk*! ¡*Ajjjjkkkjk*! Tienes que ir a la cava... en el sótano.

—Ok, tío. Voy mañana tempranito.

—¡Noooo! —grita el señor con una fuerza que hace que Vicente brinque hacia atrás—. A...hora. ¡A - *¡ajjjk*! ¡Ahora!

El viejo se agarra el pecho con una mano y se aferra a la baranda con la otra. Carraspea violentamente mientras pesca bocanadas. El joven Vicente lo tranquiliza como puede.

—Dale, tío. Voy justo cuando salga. Pero trata de calmarte. Toma un poco de agua.

—Nada me lo quita... —grita el viejo desesperadamente—. Es el agua sangre. Busca en la cava. Cuarta fila, cuarta botella del piso al techo.

Le entra un ataque de tos horrible al viejo y Vicente sale al pasillo a pedir ayuda. Viene corriendo un enfermero, inspecciona al anciano y le administra un medicamento por inyección. Tarda poco en caer bajo la influencia del medicamento.

—Ahí está más tranquilo. Probablemente duerma un rato. Puede aprovechar y tomarse un café abajo en la cafetería.

Vicente mira a su tío abuelo y luego al enfermero.

—El café parece buena idea, pero me pidió algo y quisiera complacerlo, aunque sea una última vez. Le dejo una tarjeta con mi teléfono. Si pasa algo, me llama o escribe por mensaje.

—Estaré pendiente. Le envío un mensaje ahora para que también tenga mi información.

꒳ ᔦᔦ

El carro pudiese ir más rápido. Vicente lo sabe. También sabe que un accidente en la ruta de camino a casa de su tío abuelo no es una opción. Piensa en la mansión y se ríe de que su abuelo le diga casa. Con ese tamaño y su localización remota, recluida y privada, la palabra casa no le hace justicia.

Desde el comienzo de la propiedad hasta la estructura son seis minutos. Se sube paulatinamente por una larga cuesta hasta llegar a una última curva que devela dramáticamente la casa. La noche está oscura e imponente, pero con tres pisos y miles de pies cuadrados por cuerpo, hasta la sombra de la estructura exige atención.

Se estaciona frente a la mansión y siente el aire pesado afuera. Nota una carga en el aire como cuando quiere llover con relámpagos… pero el cielo se muestra despejado y la luna lo mira con su ojo entreabierto. Sin mucha luz natural o de algún foco que le de la bienvenida, el exterior luce siniestro y el silencio calculador. Por la poca iluminación, Vicente se ve obligado a usar su teléfono de linterna.

Al entrar en la mansión, el silencio total le asalta sus sentidos.

—Lo que uno hace por la familia— dice con un suspiro y saca las llaves de su bolsillo. Las mira y recuerda cuando las recibió hace dos semanas por mensajero. No sabía para qué eran hasta que el viejo le ordenó a ir a la casa. Entra y aunque esperaba peste a humedad, se encuentra con una casa limpia y que el aire no tiene olor a guardado. Sin embargo, ronda una vejez sonámbula en el ambiente. La casa está hecha de madera que ha vivido y escuchado por más de un siglo. Mira desde la entrada y ve todas las puertas cerradas. Todo yace inmaculado, como si se le estuviera dando mantenimiento constante a pesar de que ya iba un mes entero desde que el tío Vicente quedó hospitalizado.

Algunas voces como si nacidas de su memoria lo llaman desde el segundo piso, de la biblioteca y de la cocina a la vez, pero en lugar de hacerle caso a esas voces, Vicente sólo escucha la voz de sus entrañas gritándole una sola palabra.

AVANZA.

Va directo a la puerta de al lado de la cocina. No espera por ningún olor ni recuerdo que lo hale a otra parte de la casa. Más bien abre la puerta que buscaba y baja las escaleras paso a paso. Quiere ir más rápido pero no puede. El aire le oprime y la sensación ominosa que sintió afuera de la casa le parece mera cosquilla en comparación a lo que ahora le ataca.

Un sudor frío traza un camino de su nuca a su espalda baja. Intenta controlar su respiración y se enfoca en localizar el interruptor en la pared de la derecha. Lo enciende y el halo de dos bombillas solitarias brindan suficiente luz para ver lo que hay en el piso y sus alrededores. A un lado, una caldera antigua de carbón y madera que le parecía a Vicente como si tuviese hambre. Le suena tan poético como tan loco el pensamiento, pero sin haberlo pensado mucho se encuentra poniendo cuatro cantos de madera en la caldera. Luego la prende como si fuese parte de su rutina diaria, aunque nunca había prendido una caldera en su vida. Entregando la madera al fuego como obsequio, mira como el juego de luz y sombras de las llamas le suman algo al sótano. Mirando a sus alrededores, encuentra la cava del sótano y cuenta siete filas. Al ser siete, no importa de dónde cuente, siempre sería la fila del medio la que le había indicado el anciano. La cuarta fila. Aunque estaba enfocado, no podía dejar de leer las etiquetas y sus años.

1997
1990
1962
1984
1980
1948

Una variedad increíble en donde ningún vino tenía menos de veinte años, pero cuando mira la cuarta fila y el cuarto espacio del piso al techo, ve que el espacio correspondiente está ausente. Cuenta una y otra vez y cae en el mismo lugar. Un espacio sin botella. Vicente saca su móvil y le escribe al enfermero.

Saludos. Es Vicente, el sobrino nieto de Don Vicente... ¿puedo llamarle para hablar con mi tío abuelo?

No pasa ni un minuto y suena su celular. Al contestar escucha un ruido de fondo.

—¡*Ajjjkk*! Dile, dile… ¡que busque! ¡*Ajjjkk*!

—¿Todo bien allá? —pregunta Vicente al escuchar la tos de su abuelo entre gritos.

—Sí, Vicente —dice el enfermero a la vez que toma un buen respiro.

—Se nota que no ha estado fácil.

—Su tío abuelo despertó repentinamente gritando algo de agua sangre. Entre tos y tos, me dijo que buscaras en el espacio. Que está más adentro. ¿Sabes a qué se refiere?

¡*Ajjjkkk*!

El sonido de la tos de su tío abuelo le desgarra el alma, pero no cambia el hecho de que no hay una botella en el espacio.

—¡*Ajjk*! ¡*Ajjjjjkkkk*! Dile…. ¡*Ajjjk*! Que busque adentro. No es una botella… ¡*ajjjkk*!

—Te llamo ya mismo.

Vicente engancha el teléfono antes de que pueda escuchar otro ataque de tos. Volviendo a la cava, enciende su linterna y mira hacia adentro. En vez de la pared, algo redondo que brilla desde el fondo del espacio. Su ceño no se puede fruncir más según mete su mano en el agujero negro hasta tocar algo que no esperaba. Una perilla. Por instinto la toma en su mano y la vira hasta escuchar un clic.

Por un momento la cava parece venirle encima hasta que gira y revela ser una puerta secreta. El espacio detrás suspira un miasma de muerte que recibe aire fresco por primera vez en lo que pudieran ser siglos. La emanación amarga y ligeramente putrefacta del ambiente le hace compañía a unas escaleras que descienden en espiral. Vicente asoma la cabeza con la linterna de su móvil encendida. Las escaleras bajan bastante. Aunque parte de él quiere llamar a su tío abuelo para saber qué rayos estaba pasando, una gran parte de su ser lo impulsa a bajar las escaleras y ver qué secretos habrán detrás de la cava.

Vicente pierde la cuenta de sus pasos después de superar los doscientos, pero sigue ligeramente consciente del tiempo. Pasan al menos dos minutos adicionales hasta llegar al fondo de las escaleras en donde se encuentra con cuatro puertas. No hay ruido que no se reproduzca en el baile de su eco rebotando contra las paredes.

Mirando cada una de las puertas, nota que tres están perfectamente selladas... pero la cuarta parece mirarle entreabierta. Dando un paso tras otro en la penumbra, Vicente llega a la puerta y la abre.

Sus ojos no entienden lo que ven. Su nariz no entiende lo que huele. Sus oídos sólo entienden parcialmente la respiración y ronroneo tectónico que le hacen temblar la médula. Su piel se convierte en puro erizo. Sólo el sabor de sangre le ancla a la realidad, producto de la mordida que se da para no soltar un grito.

—Vi..cen..te... —dice una voz que le hace temblar la realidad—. Has vuelto para pagar... tu deuda. Muuy bien.

—¿Q... quién eres? —dice Vicente el joven alumbrando con la linterna de su móvil—. ¿Qué quieres?"

Una oscuridad ilógica ondula lentamente como nata color carbón.

—Quiero saldar deudas... sabes bien quién soy.

Sólo tarda un momento en lo que la realización como golpe de agua le dé duro. —Mi tío abuelo... ¡Es a él quien buscas!

—Busco... a... Vicente... de la Fosa. ¿Ese... es... tu nombre?

—Sí, es mi nombre. Pero creo que hablas de mi tío abuelo.

—No sé de qué hablas. Sólo sé que se me debe.

El joven cae en el desespero.

—Hace años probablemente vino. Ese es quien buscas.

—Busco a Vicente de la Fosa o quien pague mi deuda. Un siglo es un parpadeo para mí, pero conozco esa voz y esa cara... aún sin pelos la conozco... eres tú y te toca pagar lo que me debes.

La respiración de Vicente pierde todo semblante de control y él siente como si su boca se llenara de arena fría y amarga que se aferra a la parte de atrás de su garganta. No sabe cómo, pero consigue que unas palabras salgan de su boca.

—¿Qué eres? ¿El demonio?

—Lo que surge de la masa tenebrosa es un facsímil irrazonable de una risa.

—Al demonio lo creé y crié cuando me aburrí de ustedes. Ahora, hablemos de mi deuda. Abre la boca."

En el hospital, el Vicente anciano gime, toce y carraspea violentamente. El enfermero llevaba rato intentando calmar al viejo. Estaba por darse por vencido cuando de repente el viejo parece dar un brinco en la cama y cae de lado, arropado por un silencio sepulcral. Su cuerpo mira la pared y el enfermero sólo puede verle la espalda… que no se mueve. Pasan momentos dilatados hasta que Vicente se gira un poco y el enfermero puede percibir el pecho del viejo subiendo y bajando con una respiración normal. Los ojos del anciano lenta pero seguramente registran el espacio hasta que conecta su mirada con la del enfermero.

—Se fue el agua sangre —dice con voz clara y sin esfuerzo—. Bebió del agua sangre y ya no la tengo por dentro.

El enfermero lo mira estupefacto.

—¿Está bien, Don Vicente?

El anciano no le contesta y en vez mira al suelo como si se le hubiese caído un pensamiento que por suerte pudo recoger y entonces le habla al enfermero.

—Si uno se confiesa y se arrepiente genuinamente… ¿lo perdonan?"

El enfermero no sabe de dónde viene la pregunta y contesta lo primero que se le ocurre.

—S… sí… creo que así es que funciona.

Una sombra parece envolver al anciano. Con ojos calculadores, habla con tono claro y respiración tranquila.

—Pues búsqueme un cura… que nos vamos a enterar.

Una noche de invierno

Jim Rodríguez

Jim Rodríguez (Lima, 1976) ha publicado la novela Apokhalipsis. La máquina del tiempo (2015), Hechos desconocidos: volumen I (2016), Katerin (2018), Hechos desconocidos: volumen II (2019) y Mundos del mañana: volumen I (2019). Participó en Se vende marcianos: muestra de relatos de ciencia ficción peruana (2015), ¡Marty Llega!: cuentos peruanos sobre viajes en el tiempo (2015) y Selección gallera: cuentos y relatos de autores peruanos Vol. 4 (2015). Obtuvo el Primer Lugar en el Concurso de Relato Retrofuturista organizado por la Comunidad Steampunk Perú en los años 2016 y 2017. Organiza el I Concurso Juvenil de Cuentos de Ciencia Ficción Cosmos.

bservo a mi alrededor, apenas puedo vislumbrar a través de la ventana: no hay luna llena, está muy oscuro; ni el color de la nieve que cubre el panorama ayuda a distinguir el exterior; el único paisaje son las oscuras cortezas de los árboles. El invierno se ha adelantado. Pensé que no haría tanto frío, cuando llegue tendré que comprarme un abrigo. Me fijo en las manecillas de mi reloj: faltan cuatro horas para que amanezca y lleguemos a la estación de buses; la oscuridad reinante apenas me permite distinguir que los otros pasajeros duermen plácidamente como el anciano que yace a mi lado y apoya su cabeza en la ventana. Pobre tipo, apenas consigue moverse con su bastón, pero tiene la suficiente paz para estar libre de sueños tormentosos, hasta parece que sonríe mientras duerme. Hubiera preferido quedarme en casa, en los brazos de Sara; solo por ella hago esto. No tengo más opción que aceptar esta travesía, tendré que hospedarme en algún lugar del pueblo para darme un baño caliente; tras desayunar firmaré los papeles para traspasar el viejo molino de mi difunto padre, eso asegurará la venta de un lugar al que jamás pensé regresar. Hace mucho que no atravieso estos parajes, la última vez que vinimos fue cuando yo era niño. De seguro el ambiente mantendrá su olor característico debido al terminal pesquero. Creo sentirlo en este momento, esa sensación a pescado fresco impregnado en el poco aire que se filtra. Recuerdo con buen humor que nos quedamos atascados con la carreta en medio del lodo y tuvimos que guarecernos de la lluvia toda la noche; luego aparecieron esos trastos movidos por combustible, un ingenio de nuestra industrialización. Yo lo prefiero solo porque son más rápidos que dos viejos caballos.

Mientras mastico con desgano esa manzana que me compró Sara, aduciendo que su acidez le haría bien a mi estómago, sigo observando afuera. Antes de subir me aseguraron en la estación que la ruta estaba libre de maleantes, pero no exenta de viejas historias de desapariciones realizadas por brujas o fantasmas. Mi padre decía que eso era lo que le hacían creer a la gente, que más parecían ataques de lobos; por eso sintió miedo al venir hace dos años; a diferencia del borracho de la estación que a viva voz gritaba que la sinuosa carretera y los bosques tenebrosos albergan entidades de leyendas y que deberíamos tener cuidado, más aún en invierno, como en este momento, que la niebla cubre todo. ¡Historias para asustar a los pequeños! A lo único que tengo miedo es a que el conductor se estrelle o nos lleve hacia un precipicio, ¡Cómo duermen estos!, los envidio, ya no puedo conciliar el maldito sueño. Destapo una botella de ron y tomo un sorbo, así supero el frío que ya traspasa las mantas, ojalá llegue con vida en este trasto, ¡brindo por eso!

☙ ☙ ☙

He tapado con una manta al anciano, él la necesita más; me he tomado media botella de ron para soportar el frío; lo poco que me contó antes de que se durmiera tras beber varios sorbos de su brandy era que conocía esas tierras, ha vivido en ellas por noventa y dos años. Conoce cada rincón y leyenda atribuida a estos lares, le dije que no deseaba escucharlas, no quería sugestionarme y que me diera una pesadilla; mejor lo hubiera hecho, al menos me habría entretenido hasta llegar a mi destino.

☙ ☙ ☙

Pasaron dos horas y aún no me duermo, ¡maldita sea!, reviento de envidia al ver a este anciano y a todos los demás descansando. Lo quiero despertar egoístamente para que me distraiga con una de sus historias, pero por más que lo muevo sigue dormido, el alcohol en sus venas ha llegado hasta su cerebro… espera… ¿qué fue eso? Me parece escuchar un ruido en el techo, como si algo se arrastrase. Tal vez cayó una piedra de las laderas. Sí, eso tal vez pasó… ¡otra vez!, sigue ese arrastre, pero ahora en sentido contrario, es como si algo filudo rozara el metal del techo. Trato de escuchar si sucede otra vez. No ocurre nada. Creo que han sido las ramas de los árboles. Me dejaré de estupideces y trataré de dormir.

Me sobresalto al escuchar un golpe. Me había dormido sin darme cuenta y ese ruido me ha despertado. ¿Qué ha sido? Ya no escucho nada. ¡Maldición! Otra vez ese golpe. Ha hundido el techo, nadie más lo ha notado. ¡Lo ha hundido! Por Dios, no sé qué me acontece, estoy alucinando, todos duermen, nadie más se ha percatado, ni el chofer que sigue su ritmo sin disminuir la velocidad. Miro por la ventana sin aplastar al anciano, hay mucha maleza que no deja ver adelante, creo que todo es parte de mi imaginación. ¿Y el techo?, ¿lo habré inventado? ¿Acaso estoy soñando? Mejor vuelvo a mi asiento… ¡Santo cielo!, ¿qué es eso? A lo lejos veo algo volando sobre el campo; me inclino más para enfocar mi vista y trato de observarlo con claridad… ¡Es enorme!, y tiene grandes alas. Vuela con suma facilidad, nunca he visto algo así, no existe un ave tan descomunal. Cierro los párpados una y otra vez con la vaga esperanza de que sea una alucinación producto del ron en mi sangre, pero por más que trato de luchar contra mi mente, está resuelta a hacerme ver que aquello tan aterrador es una verdad que me acongoja con un miedo irrefrenable. Sin duda está acechándonos como un león a su presa. Si esa bestialidad nos ataca conoceré el terror absoluto en su real dimensión. Y ahora, ¿qué hace? Se aleja, no… nooo, está dando la vuelta, viene otra vez y a una gran velocidad, ¡vuela hacia nosotros!

El impacto es tremendo, el bus se inclina y desacelera, la ventana estalla y algunos pasajeros son arrojados al pasillo, la ventisca ingresa y la nieve se esparce por todos lados. Caemos hacia adelante al detenernos abruptamente mientras vemos mejor a la criatura: es un ser con enormes alas, su cabeza es una masa oscura sin ojos y su cuerpo cubierto de pelo se extiende hasta dos gruesas patas cuyas garras se apoyan sobre el filo de la ventana. El chofer, viendo lo que ha sucedido, intenta abrir la puerta, pero está atorada. Nadie corre para forzarla, afuera seríamos una presa fácil. El valiente hombre decide no abandonarnos y enciende el motor. El bus avanza a una mayor velocidad, hemos emprendido nuevamente el camino, pero esta vez es una ruta hacia la sobrevivencia, una que recordaríamos u otros lo harían por nosotros. Debemos defendernos.

Varios pasajeros yacen sobre el piso, temblando, sin salir del terror al que fueron expuestos intempestivamente; los pocos que quedamos con la suficiente racionalidad como para entender que esa criatura no es producto de nuestra locura hemos cogido lo que está a nuestro alcance para defendernos; sus garras han seguido rasgando el metal y sus alas agitadas con violencia rompen los vidrios cercanos que crean una peligrosa mezcla entre la ventisca de nieve y astillas de cristal que rasgan nuestros rostros y piel.

Algunos hombres salen de su letargo y, tras superar la impresión y el terror que les produce semejante criatura, sujetan sus maletas para usarlas como escudos. Juntos, armados de paraguas y muletas, golpeamos las patas de aquel engendro infernal, esperando no ser destrozados por sus filosas garras; es increíble la fuerza de ese gigantesco ser que por momentos inclina el bus mientras el chofer es convencido, por algunos pasajeros, de apresurar la llegada al pueblo. Acelera sin clemencia, esperando no morir en cada curva o asesinado por esa figura que le muestra su espejo retrovisor.

Volteo a ver al anciano y sigue impasible ante los gritos y el frío del aire que golpea con frenesí el interior; la tierra y la nieve se entremezclan en un turbulento escenario de miedo mientras aquella criatura trata de alcanzar a un hombre que se encuentra a mi lado; se vuelve más violenta ante él como si aquel sujeto fuera su objetivo, o tal vez su alimento preferido, ¿o percibe el miedo? Eso podría ser, y todos estamos aterrorizados, todos somos su presa. Solo debemos resistir lo necesario.

Los pasajeros se refugian en la parte delantera del bus. Se agrupan esperando ser un mayor frente de defensa. El vaivén del bus crea un ambiente de caos y desorden junto a la ventisca que no permite ver con claridad a la criatura; entretanto, los gritos desbordantes crean una sinfonía propia de una danza macabra, una que se repite sin cesar. Una botella de whisky, encendida con un mechero, cae sobre sus garras demoniacas y el fuego empieza a expandirse sobre aquel abominable ser; yo hice lo propio con mi botella de ron, aunque el fuego la consume no se escucha ningún quejido o grito de dolor, mas su violencia aumenta: sus garras rasgan con mayor fiereza y extraen sin problemas un par de asientos; sus alas golpean el metal y lo parten; nosotros seguimos arrojándole las maletas a su cuerpo ardiente para impedir que nos desgarre como a la carrocería que pronto tendrá un agujero tan grande que permitirá que ingrese sin problemas. Entonces, el chofer, quien seguramente esperó estar en una zona estrecha, hace algo inesperado: en una arriesgada maniobra nos acerca a una ladera rocosa del camino y la criatura impacta a gran velocidad en la pared de puntas afiladas y cae aparatosamente sobre el camino, llevándose una sección grande del bus. Restos de tierra y nieve nos inundan. Me reincorporo, voy hacia el fondo del pasillo y veo a lo lejos que esa deformidad de la naturaleza que nos provocó pánico y terror todavía se mueve, ¡no está muerta! Apenas levanta sus alas maltrechas intentando agitarlas. Respiro porque ha terminado nuestro suplicio y mi corazón vuelve a su ritmo normal. ¿Y si existen más de esas criaturas? El bus está deshecho y otra monstruosidad podría entrar y matarnos con facilidad.

Los gritos cesan al verse a salvo, pero todavía el peligro no ha pasado, aún no llegamos al pueblo, debemos seguir despiertos el resto del camino, solo faltan poco menos de dos horas. Juntamos las maletas y todos se aglomeran al frente del pasillo, los hombres forman un perímetro sobre los demás y algunos se sientan en el piso, abrigados por las mantas. Al calmarme me acuerdo del anciano, nadie se percató de él. Sigue durmiendo al fondo del bus. Voy a verlo, debo despertarlo y llevarlo al frente, junto con los otros.

El anciano se despierta después de mucho esfuerzo, sus párpados poco a poco dejan que sus ojos se vayan acostumbrando a la brisa y al frío; se aferra a su manta y al ver el estado en el que nos encontramos, me pregunta qué ha sucedido.

Al terminar de relatarle cada detalle, esperando que me crea, veo sus ojos muy abiertos y su boca apenas puede pronunciar palabra alguna, se aferra con ambas manos a mi chaqueta y con un tono desesperado me dice:

—Pero, ¿qué han hecho?

—Esa monstruosidad nos atacó, solo nos defendimos, ¿por qué te preocupa tanto?

Se levanta de su asiento, deja las mantas, se apoya en el bastón y, acercándose a mi oído, me dice:

—Cuando la peste negra asoló esta región, hace más de seiscientos años, los fundadores del pueblo hicieron un pacto con una entidad, una primigenia, a cambio de salvar sus vidas. Esa entidad ingresaría en nuestra dimensión a partir de uno de sus descendientes y, al ser este el último, volvería a estas tierras para gobernarlas y desde aquí expandiría su manto de muerte. Esa monstruosidad, como la llamas, es un ser protector de esta dimensión, también primigenio; solo una como ella podría enfrentar a este ser. Eso quiere decir que él se encuentra entre nosotros, ella no nos atacó… ¡intentaba defendernos! Dios mío… todos moriremos.

El anciano voltea para verlos a todos. Ahí, de pie, en medio del pasillo, observa con mucha atención cada uno de los rostros de los asustados pasajeros que lo ven desconcertados. Su cuerpo inerte resiste el frío y su mente trata de adivinar cuál de ellos era a quien buscaba. Aunque finge darse valor, su cuerpo sucumbe al miedo y empieza a temblar; él sabe que va morir, pero al menos quiere saber quién lo matará, quién es el primigenio escondido tras una figura humana.

Me acerco a él, que sigue de espaldas, y pongo una mano sobre su boca tapándola con fuerza mientras hundo la otra en su cintura y con violencia arranco su columna vertebral. Pobre, murió sin ver realmente mi rostro, ¡estaba cansado de que mi lado humano siguiera actuando por mí! Deseaba tanto sentir la muerte en mis manos, ese perfume sin olor, ese sabor agrio de la expiración de una vida; un delicioso y extrañado placer.

El resto de mi cuerpo empieza a transformarse, es el momento que estuve esperando por centurias, una nueva dimensión de la cual me alimentaré después de tantos años de estar escondido en este cuerpo cumpliendo la parte del pacto. Ya no hay quien me enfrente por el momento, quiero alimentarme…

🜃 🜂 🜏

Los buitres se aglomeran alrededor de los cadáveres que yacen despedazados sobre las rocas, mientras la sangre se escurre lentamente entre la hierba hasta congelarse. A pocos metros, el motor y los fierros retorcidos muestran los restos de una tragedia.

La masacre solo fue la antesala, a lo lejos un pueblo empezará a ser afectado por una extraña enfermedad. La peste negra no tardará en expandirse por toda la región.

ᚴᛃ'ᛋᛏᛃᚢᚠᛆᛏᛃᚹ'ᛋᛋᚱᛃᛉᛃᛃᚢᛃᚢ
ᚼ'ᛉᚴᛋᛃᚹᛏᛋᛃ'ᛋᛏᛃᚱᛃᛋᛏᛋᚴᛃ'ᛋᛏᛃᚢᚠᛆᛏᛃᛋ
ᛋᚱᛃᛉᛃᛃᚢᛃᚢᚼ'ᛉᚴᛋᛃᚹᛏᛋᛃ'ᛋᛏᛃᚱᛃᛋᛏᛋᚴ
ᛃ'ᛋᛏᛃᚢᚴᛃ'ᛋᛏᛃᚢᚠᛆᛏᛃᚹ'ᛋᛋᚱᛃᛉᛃᛃᚢᛃᚢ ᚼ'ᛋ

Desfaces

Luis Francisco Cintrón

Luis Francisco Cintrón Morales (San Juan, Puerto Rico, 1976). Sus obras publicadas son: los poemarios Microgramas de sol (2013, Editorial Casa de los poetas), Gris (2016, independiente) y Kløft (2018, independiente). Sus libros de narrativa La ciudad en mi estómago (2015, Editorial Verde Blanco) e Hilos de Pangea (2016, Editorial Raíces) y su novela corta Tu Constantino (2017, independiente). Sus poemas, columnas, ensayos y cuentos han sido publicados en blogs, antologías, revistas y periódicos electrónicos en Puerto Rico, México y Argentina.

ᚼᛋᚼᚢᛃᚹᛋᚹᚴᛃ'ᛋᛏᛃᚢᚠᛆᛏᛃᚹ'ᛋᛋᚱᛃᛉᛃᛃᚢᛃᚢ
ᚼ'ᛉᚴᛋᛃᚹᛏᛋᛃ'ᛋᛏᛃᚱᛃᛋᛏᛋᚴᛃ'ᛋᛏᛃᚢᚠᛆᛏᛃᛋ
ᛋᚱᛃᛉᛃᛃᚢᛃᚢᚼ'ᛉᚴᛋᛃᚹᛏᛋᛃ'ᛋᛏᛃᚱᛃᛋᛏᛋᚴ
ᛆᛋᛋᚼᛃᚹᚼᚾᛋᛉᛋᚼᚹᛃᚢᛉᛃᚢᛃᛋᛃᚾᚼᛉᛋᚾᛃᚹᚴᛋ
ᚼᛋᚼᛃᚹᛋᚹᚴᛃ'ᛋᛏᛃᚢᚠᛆᛏᛃᚹ'ᛋᛋᚱᛃᛉᛃᛃᚢᛃᚢ
ᚼ'ᛉᚴᛋᛃᚹᛏᛋᛃ'ᛋᛏᛃᚱᛃᛋᛏᛋᚴᛃ'ᛋᛏᛃᚢᚠᛆᛏᛃᛋ
ᛋᚱᛃᛉᛃᛃᚢᛃᚢᚼ'ᛉᚴᛋᛃᚹᛏᛋᛃ'ᛋᛏᛃᚱᛃᛋᛏᛋᚴ
ᛆᛋᛋᚼᛃᚹᚼᚾᛋᛉᛋᚼᚹᛃᚢᛉᛃᚢᛃᛋᛃᚾᚼᛉᛋᚾᛃᚹᚴᛋ
ᛋᚴᚹᚾᛃᚹᚠᛃᚢᚼᚴᛋᛋᛃᚹᚾᚴᛉᛋᚱᛃᛏᚱᛆᛋᛃᛋᚢᛃᚹᛋᚾᛃᚹ
ᛋᛋᚾᛋᛋᛋᚾᛋᛃᛃᚹᛃᛉᛋᚴᚼᛋᛃᛋᚾᚼᛋᛃᚠᚴᛋᚾ
ᛃᛋᚴᛋᛋᚴᛋᛋᚹᛃᛋᚢᛃᛃᚢᛃᛋᛉᛃᛋᛋᛃᛉᛃᛃᛆᚢᛋᚴ
ᚾᛋᛃᛃᚼᛆᚠᛋᛋᚼᛋᛃᛃᛋᛋᛃᚢᛃᛋᛃᛉᛃᛃᚾᚼᛋᚾᛋᚾᛋᚼᛋᚴᚠᛋ

ientras los obreros de la construcción excavaban para levantar la zapata de lo que sería el edificio Tesla, encontraron dos cuerpos abrazados, aún tenían piel sobre la osamenta. Uno de ellos tenía unos lunares rojos que bajaban sobre el muslo derecho y formaban un ángulo de noventa grados, tipo L. Como es obvio, la construcción se detuvo. Un contingente de arqueólogos del estado visitó el lugar. Uno de ellos, de apellido Hernández, se percató de algo extraño: ninguno de los cuerpos tenía rostro. No mostraban rasgaduras con utensilios filosos ni mordidas de animales salvajes. Simplemente, donde se supone que existiera un rostro, había una redondez de piel, cubierta con polvo. Fueron meses de delicadas excavaciones, estudios esotéricos para la ciudadanía; el gerente del proyecto de construcción estaba furioso porque el Estado detuvo su proyecto.

Luego de unas semanas en las que los medios informáticos, a diario, mencionaban el descubrimiento de las momias abrazadas, en las páginas finales de los periódicos, las de ciencia y tecnología, también informaban unos eventos insólitos. En diferentes partes del viejo continente, aparecían personas sin rostro. Las caras no mostraban violencia ni mordeduras de animales, lo que hacía el asunto más enigmático. Por otro lado, las autoridades y medios informáticos notificaban de hurtos en las oficinas de ginecólogos donde desaparecían archivos electrónicos de mujeres embarazadas con más de siete meses de gestación.

Hernández, a quien dejaron como encargado de la investigación arqueológica, junto a su equipo de trabajo, logró acceso a una especie de cueva a unos cuantos pies de profundidad de donde encontraron las momias sin rostro. La pesquisa le había empeorado el movimiento desde el cuello al hombro izquierdo y una gélida escorrentía traspasaba el lado izquierdo de su rostro hasta enmudecer su ojo. Con cada día que pasaba, el dolor cervical agudizaba. En las paredes de la cueva había trazos de imágenes que, según pensaba Hernández, era la familia que evitaba ser

112

atacada por un tipo de arácnido colosal. El dibujo mostraba el elemento de ocho patas y un aguijón gigante en la parte posterior. Pasó horas explorando ideas, intentando hilvanar conclusiones, pero aquel aguijón gigante, el terror de la imagen de la familia y las momias abrazadas sin rostro, lo dejaban perplejo.

En el desierto sahariano contrastaban los climas con fraternidad. El viento levantaba sus ánimos nefastos y las arenas se entrelazaban con los malos caprichos del aire. Se escenificaba una mudanza de suelos que cruzaría el océano hasta llegar a nuevas tierras; cubrirían densas selvas con delfines rosados y conquistaría vías respiratorias.

Desde el medio y profundo de las dunas y en el silencio de los suelos mutantes, se reflejaba el interior de un dantesco enigma: un criadero de divinidades cósmicas. Tenían ocho patas, un enorme aguijón y en su memoria, la información de miles de mujeres que les representaban peligro porque pronto traerían más rostros a la tierra.

Hernández se frotaba el cuello, el músculo le ardía. La migraña era tanta que tuvo que recostarse bajo la escalera de madera frente al lugar donde encontraron a las momias abrazadas. Mientras reposaba, recordó los lunares rojos en forma de "L" en una de las momias y se levantó. Iría a buscar rastros de eso que desconocía. Condujo hasta el museo donde trabajaban con los hallazgos. Con autorización del encargado de la investigación, pasó su vista por encima de los lunares de uno de los cuerpos. Uno de los lunares estaba más brotado que los otros, mostraba una hendidura interesante, que no se evidenciaba en los demás. Luego de aproximadamente tres cuartos de hora, volvió al área del descubrimiento.

Aceleró su paso hacia la pared que contenía las imágenes y vio en el dibujo el muslo de una de las figuras con la señal que buscaba. Pensó en el aguijón y en la muerte de las momias. Esa noche estuvo rebuscando en diferentes libros de historia, estaba ofuscado en encontrar las tradiciones de los pueblos que allí vivieron hacía cientos de años atrás. Al ojear la página treinta y siete de uno de los cuadernos encontró la nota que explicaba que, por costumbre, cuando un miembro de la pareja moría, el otro era enterrado junto a él, aunque estuviera vivo. ¡Claro! Por eso el lunar con la hendidura que la otra momia no tiene: ¡Eran pareja!

En los récords del Instituto de Ciencias Forenses saltaban las conclusiones de que los muertos sin rostro habían dimitido por una succión de sangre a través del fémur derecho. Los días se caían por un precipicio al no concluir sus horas cíclicas. El sol temía también ser desangrado y solo compartía con temeridad su luz detrás de las nubes. El cielo se llenaba de luces, lejos de ser auroras boreales: la muerte asumía su vórtice y avanzaba hacia diferentes puntos cardinales. Las arenas desérticas, además de cruzar el océano, también se extendían al norte y al sur del planeta. Más y más personas mostraban problemas respiratorios y gran cantidad de asmáticos y otros con problemas cardiovasculares, morían en los hospitales. La blancura de las nubes fue traicionada por el mismo aire que les mantiene liso el rostro, esta vez, las deformó con partículas tóxicas y destrucción general.

Los científicos analizaban los nuevos acontecimientos: las mujeres embarazadas, a quienes les habían hurtado sus archivos electrónicos en las oficinas de ginecólogos, habían sufrido ataques por parte de lo que algunos testigos describen como "enormes escorpiones" que, luego de atacar, desaparecían, como si se trasladaran por una ventana invisible. Las mujeres morían al instante con un pinchazo mortal en el muslo derecho. Al sacar a los niños, estos, misteriosamente, nacían sin rostro y respiraban a través de la piel. Esto era mortal para los bebés, permitía la entrada de mucho oxígeno a los pulmones y los podía reventar. Además, con la amenaza de las arenas, respirar por la piel daría paso a tantos tóxicos que mataría a las raíces de la humanidad de manera instantánea.

Nadie podía explicar cómo los niños en un estado tan avanzado de gestación perdían sus rostros. Los expertos decían: "Se ha demostrado que unos potenciadores genéticos, –secuencias reguladoras del ADN que actúan activando la expresión de genes específicos– tienen un papel fundamental durante el proceso embrionario". Estos conversatorios se daban en la tarima desde donde también se buscaba explicación por la cual estos "seres" succionaban la formación de rostros humanos.

Mientras las arenas recubrían las superficies del planeta, eran miles las mujeres que perecían por culpa de los escorpiones. Hernández y su equipo, entregaba los reportes preliminares de la investigación. Hernández había tenido acceso a las evaluaciones científicas que detallaban el proceso embrionario. Sabía de la expansión de las arenas por el globo terráqueo y probó que las imágenes confirmaban lo que temía. Su ojo izquierdo se cerraba poco a poco. Los lunares rojos y las hendiduras de la momia alimentaron su dolor cervical. En letras mayúsculas, en la parte superior de la primera página, había escrito y circulado con rojo la palabra: Extinción.

Ruido de fondo

Raúl Quiroz Andia

Raúl Quiroz Andia (Lima, 1973). cursó la carrera de Filosofía en la Facultad de Teología Pontificia y Civil de Lima. Ha publicado un libro de cuentos y dos novelas, y fue seleccionado para participar en varias antologías. Ha publicado *Maneki-Neko* (CUENTOS, Altazor 2014), *El Sueño de las Estirpes* (NOVELA, Altazor 2015) y *El Dios sin Rostro* (NOVELA, Altazor 2018) y en las antologías *Destejiendo el Silencio* (2001); *Ultraviolentos.* Antología del Cuento Sádico en el Perú (2014); 201. *El lado B* (2014), Selección Gallera (2015); *El misterioso Valle del Puma.* Diez Relatos sobre el Café´ (2016); *Lo Mejor de Arena*, Antología de Cuentos Altazorianos (2018); *Más Allá de lo Real.* Antología del Cuento Fantástico Peruano en el Siglo XXI (2018); *Disturbing Stories, 10 Writers of the New Peruvian Narrative* (2018); *Superhéroes*, Muestra de Relatos Épicos Peruanos (2019) y; *21.* Relatos sobre la Independencia del Perú (2019).

Nadie ha vivido más tiempo que un niño muerto...
El Cielo y la Tierra son tan viejos como yo,
y las diez mil cosas son una sola.

Zhuang Zi

o puedo decir que con el paso del tiempo me he acostumbrado a esta penumbra malsana, pues es lo único que mis ojos han contemplado. Solo la umbrosa atmósfera de abismos inescrutables, y el perpetuo haz de luz dando eje al rotar de los muros. Permanezco silencioso, condenado a regurgitar el deplorable banquete de la soledad, tomando en copas llenas el monocromático ruido de fondo.

Muchas veces soñé adquirir la facultad de los espectros que poblaban mis lecturas, poder deslizarme a través del espacio y dejar atrás mi sombra —junto con los aterradores recuerdos— tras las paredes de mi prisión. Contemplar, aunque sea una vez lo que hay más allá, correr los lánguidos pliegues de la realidad, una realidad que se me muestra solo a través de las frías páginas de los libros. Pero no, no hay escape a esta torre negra al oriente de ningún lugar.

¿Qué desquiciada mente tramó el castigo, qué retorcido cerebro maquinó mi agonía? ¿Cómo el genio puede desplomarse a tales profundidades de perversión, o la mano creadora oprimir insensible el barro primordial desquebrajando su obra? No lo comprendo. Si al menos alguna vez me hubiese calentado el rostro con los tímidos resplandores de la aurora, si tan solo una vez hubiese tiritado mi cuerpo en el fresco aliento de la medianoche... Sé que jamás abandonaré mi encierro, no estiraré los brazos al despertar, ni habrá nada más que los muros de esta prisión.

Ellos, siempre pacientes y curiosos, observan con la morbosidad de quien realiza una vivisección. Ven cómo su obra adquiere sustancia, crece y fortalece aglutinándose incesante. Mi primer recuerdo se remonta a un tubo de ensayo, percibiendo aquellos lentes cóncavos, las frías tenazas escrutadoras y los cuentagotas de agonía destilando las simientes de vida. Por un breve lapso pude ver algo más que estas paredes. Me hallaba en una gruta húmeda y tibia, sus pulsaciones lentas y acompasadas, mantenían el ruido lejos de mí. Luego, como a un tumor o un tejido que prolifera sin control, me extrajeron de aquel espacio coloidal de letargos. Allí comenzó el dolor, desde ese momento lo empecé a escuchar.

En los libros nunca hallé la más mínima referencia al ruido. ¡Maldita vibración!... ¿Acaso seré el único condenado a sentir ese ruido de fondo? Ruido que ni siquiera viene del otro lado de los muros… Está en el aire mismo que respiro, en el compás tumefacto de mi corazón, está en el zumbido de las moscas y se filtra por los ángulos de las paredes. La pulsación insana de un cosmos agonizante, el rumor de miríadas de plañideras ancestrales y titánicas, agazapadas en la vertiginosa curvatura del espacio.

Y también está la sensación centrífuga, el vértigo a flor de piel, como si mi prisión se hallase en el único punto inmóvil del globo terrestre y del universo entero. Las masas intranquilas de roca y océano, cristal y vegetación, estrellas y simientes, se entregan a órbitas en torno al haz de luz que tengo ante mis ojos. Puedo sentir en el estertor de mis sienes, las caprichosas formaciones de nimbos y estratos entregándose a cópulas cataclísmicas en el luminoso éter. Todo girando en torno al haz de luz enfermiza, cabalgando con galopes de rayos sobre las masas continentales, alzando o hundiendo sus cumbres, haciendo yermos los valles o estallando en orgías verdes las selvas de niebla, y atizando sus entrañas de magma en un movimiento interminable. La danza a la deriva al son del ruido de fondo y la órbita alrededor del haz de luz. Ingentes legiones de almas envueltas en carne y sangre, nervios y huesos. Todo girando, siempre girando. Y más allá de las masas vaporosas en delirios de ciclones y huracanes, donde los picos abruptos temen asomarse por encima de las llanuras de tormenta, los lazos electromagnéticos giran… como giran las esferas, como se entregan a órbitas perpetuas las nebulosas espirales y los cúmulos de estrellas, los quasares y agujeros negros, los vagabundos congelados y los vientos de plasma. El universo preso de una revolución sin fin.

El ruido continúa, no mengua la pulsación basculante, y atenaza cada músculo, cada quiebre de la respiración, cada página entre mis dedos abriendo la vastedad del mundo. Los ecos, en lo que debe ser un largo pasadizo, se acercan y resuenan en sincope con el ruido: la marcha de los verdugos. Allí está otra vez la grieta negra, la fragua que vomita mi alimento diario. Las voces silenciadas de mis creadores son como monstruosas oraciones, letanías de trueno. Puedo oír claramente sus diálogos revelándome la blasfemia del origen.

Todo era cierto, no era un doblez de demencia alentada por el ruido de fondo. Diez años encerrado... ¡Diez malditos años! Un experimento fallido. ¿Cuántos más habrán hallado su fin en estas mazmorras? Solo un Dios infinitamente infame, puede ser insensible ante el desquiciado orgullo humano buscando controlar la creación, concediendo almas a las células que se unen por la voluntad de unos locos que intentan procrear un hombre perfecto. Diez años, solo un niño, la potencialidad última de la mente humana en el cuerpo de un niño, atormentado por el ruido del universo en movimiento. Los cables registran cada uno de mis impulsos nerviosos, escanean cada variación neuronal, esperan descubrir qué se esconde en el salto de instante a instante, cuando pareciera que pierdo la noción del todo a cada milésima de segundo que transcurre y, sin embargo, conservo sobre una pantalla invariable todas las experiencias. Inmóviles, sin poder hacer más que contemplarlas al borde de la locura.

No, ya no les daré material para su morbosa ciencia. Daré fin al engendro que crearon. Ahora sé la verdad. Buscaré la forma de aniquilarme. Es demasiado... dicen que soy el que ha sobrevivido por más tiempo. Los otros no pasaron de los seis años, imagino que no soportaron el ruido y el giro vertiginoso. Por eso inundaron mis venas de morfina, por eso anularon mi voz, solo para no oír mis gritos desgarrados.

El ruido, maldición, el maldito ruido...

Una sonda —vieja como las montañas— atraviesa la nube de Oort, dentro de dos generaciones llegará hasta nosotros con su nefasto mensaje. Una lluvia de meteoros rasga los cielos de Kamchatka...

Un sistema doble-estelar colapsa entre los Pilares de la Creación en la Nebulosa del Águila. Las ballenas jorobadas inician su canto nupcial...

El soplo de vida escapa a una masa bermellón y burbujeante en una fría caverna de Titán. Otro engendro es fecundado veinte metros más allá del muro...

Nace un continente —emerge violentamente del magma— en un joven planeta girando en torno a Épsilon-Eridani. Un árbol milenario se desploma golpeado por un rayo en un bosque de Tunguska...

El ruido, el haz de luz enfermiza. El ruido pulsando inalterable... ¡La inmensa bestia del cosmos tiene que contener la respiración alguna vez!

El huevo

Yuliana Cruz

Yuliana Cruz (Mayagüez, Puerto Rico, 1980) obtuvo una Maestría en Administración de Empresas de la Universidad de Puerto Rico, Recinto de Río Piedras y tiene una carrera de más de dieciocho años en el área de tecnología. Formó parte de las antologías No Cierres Los Ojos (Libros Eikon, 2016) y No Cierres Los Ojos 2 (Libros Eikon, 2019) con los cuentos "Cuatro Casas" y "Púrpura", respectivamente. También formó parte de la antología Penumbria #50 (Revista Penumbria, México, 2019) con su cuento "Grietas".

abían pasado ya tres días con sus noches desde que lo traje a la casa. No voy a entrar en los detalles de su procedencia, pero es más que obvio que solo un rito muy oscuro pudo haber producido tal abominación. Ahora estaba en el fondo de la nevera, mientras una barrera de espuma de poliestireno lo separaba de todo lo demás. Era un huevo.

No sabía que debía hacer con él; no había recibido instrucciones al respecto. Simplemente existía y yo le cuidaba, sin saber hasta cuándo o el por qué. Sin embargo, las visiones que inundaban mis sueños durante las tres noches que estuvo en la casa y que hablaban de una verdad plagada de horrores indescriptibles y formas alucinantes, me hacían entender que una transformación inminente de aquel objeto se acercaba. Era como el preludio de una nueva realidad alejada de los cánones a los que nos acostumbraron.

La casa se había convertido en un lugar frío y oscuro. Parecía que una lámina invisible había cubierto los vidrios de las ventanas, impidiendo que los rayos de luz se colaran en pleno. Todo comenzaba a estar húmedo y frío. Era esa misma humedad la que había comenzado a manchar las telas claras de las cortinas, los manteles y los muebles de la casa. Lo que parecía ser un olor a hongo, terminó por volverse rancio e insoportable. Cualquiera que entrase a la casa llegaría a pensar que estuvo abandonada durante años, pero solamente habían pasado setenta y dos horas.

Yo también me había abandonado. Solamente vivía para aquel objeto y lo que el mismo contenía. Sentía que debía estar en vela, en la espera continua. Por ratos me sentaba en la silla que había dejado estacionada frente a la nevera. Me sentaba observando la puerta en la espera de una señal desconocida. Mi cuerpo sucio, mi pelo enmarañado y mis ojos que reflejaban la locura que habían sembrado en mi mente las pocas horas de sueño que había conseguido.

⋑ℰ ☥

Fue en la madrugada del cuarto día, cuando todavía la noche lo cubría todo, que recibí la señal. Estaba tirada sobre la cama sin poder conciliar el sueño luego de la última pesadilla; un sueño en el que la gran puerta de una tumba de piedra se abría. Vi por un instante una luz que se colaba por la puerta de la habitación; era una luz blanca y contenida que parecía escapar de un espacio reducido. Me levanté y caminé hasta el pasillo buscando la fuente de luz. Mi búsqueda me guió hasta la cocina. Era la luz de la nevera que brillaba como nunca. Era la luz de la nevera que descansaba con su puerta abierta como queriendo decirme que el momento había llegado.

Me acerqué y tomé el huevo entre mis manos. Todos los alimentos que habían estado a su alrededor ahora parecían estar echados a perder. Un olor a podredumbre llenaba el espacio. Lo retiré con un cuidado absoluto y lo llevé hasta la mesa. En ella hice un nido con las servilletas de seda y lo acomodé dulcemente en el centro como si fuese un crío. Lo admiré en silencio por unos minutos y esperé. De pronto, el huevo comenzó a agrietarse. Parecía tambalearse y temblar. De un instante a otro, se rompió la parte superior del mismo y la atmósfera en la habitación cambió tanto que parecía como si un vacío se hubiese tragado todos los sonidos existentes. Un pedazo de cascarón en la parte superior fue empujado hacia arriba desde el interior del huevo. Fue en ese momento en que vi por primera vez parte de la criatura aberrante que se escondía adentro.

Lo que se asomó por la abertura fue un conjunto de brazos gelatinosos y oscuros. Unas colecciones de pequeñas ventosas palpitantes los cubrían, desde las puntas hasta donde mis ojos llegaban a ver. Estiró los mismos hasta que las puntas se apoyaron sobre la mesa, impulsándose hacia arriba y dejando que mis ojos observaran el resto de su cuerpo. Un cuerpo que era grotesco y, a la vez, majestuoso. Un cuerpo que contaba una historia que iba más allá del tiempo y más allá del espacio que conocemos.

El silencio absoluto que había en la habitación hasta aquel momento se vio interrumpido por un desordenado estruendo. Era un estruendo que no salía del lugar de procedencia de aquella criatura, ni de las entrañas de ella misma. Aquel estruendo salía de mí. Salía por el movimiento frenético de mis cuerdas vocales y la escapada violenta de aire desde mi caja torácica. Era una risa violenta y desenfrenada. Tan violenta que pude saborear el salado de la sangre que saltaba a mi boca desde mi garganta. Reí, porque él había vuelto. Yo lo había esperado sin saber que lo esperaba, como antes que yo lo habían esperado muchos. Reí, mientras lo veía completo frente a mis ojos. Seguí riendo aún después de que mis tímpanos explotaran al no poder soportar la vibración del ruido infernal que salía de mi cuerpo.

Estaba dormido en su casa, pero ya ha despertado y ha vuelto...

El triángulo D

Hemil García Linares

Hemil García Linares (1971, Lima, Perú) es licenciado en periodismo por la universidad Jaime Bausate y Mesa y magíster en español por la universidad George Mason donde trabaja como instructor de español. Es profesor de español en George Mason HS. Publicó Cuentos del norte, historias del sur (2009); las novelas Sesenta días para abandonar el país (2011), Aquiles en los Andes (2015) y El azul del Mediterráneo, un viaje ancestral (2019); las antologías, Raíces latinas (2012), Exiliados (2015), Mirando al sur (2019) y es coeditor de Proyecto Usher, un homenaje a Edgar Allan Poe (2020). Proyecto Usher se presentó en el Edgard Allan Poe International festival 2020. Dicta talleres de cuento y novela en Perú, México y Estados Unidos. Además de escribir relatos en tono realistas sobre inmigración y exilio en los Estados Unidos, es admirador y estudioso de Edgar Allan Poe, autor que forma parte de sus charlas y talleres de literatura de horror.

abía visto decenas de setas como aquella con anterioridad, puesto que las estrellas rojas —o izar gorri, como se las conocía por aquellas tierras— no resultaban extrañas en los montes de su entorno, si bien jamás había observado ninguna con el tamaño y las características de aquella. No, aquel no era un ejemplar cualquiera y necesitaba llegar hasta él. Pero, si quería acercarse, más le valía hacer uso de toda su maña, como también de los bastones de travesía que había llevado consigo.

El ejemplar estaba ubicado en una empinada cuesta arcillosa que terminaba en la boca de una pequeña sima y no iba a ser sencillo llegar hasta él. De haber llevado cuerda la habría usado, pasándola por detrás de algún árbol cercano y descendiendo en rápel, pero no era el caso. Si quería documentarla y guardar constancia de aquel hallazgo, más le valía arriesgar aquel último metro que en la montaña siempre resulta tan peligroso y que se había cobrado la vida de tantos.

Hechos los preparativos oportunos, se dejó deslizar suavemente con los pies por delante y se detuvo una vez que llegó a la altura requerida, clavando firmemente los bastones en la tierra, frente a la seta, para así hacer de tope y evitar sustos innecesarios. Estaba arrodillado junto al exótico espécimen, documentándolo con su móvil, cuando el organismo fúngico convulsionó y liberó millones de esporas directamente en sus ojos y boca. Inmediatamente, fruto de un acto reflejo motivado por el asco, el miedo y la ira, se incorporó y comenzó a patear los tentáculos rojos que esta tenía por apéndices, destrozando también el gigantesco huevo, de tono blanquecino y aspecto mucoso, del que había brotado dicho ser. Lamentablemente para él, en uno de aquellos lances el barro le jugó una mala pasada, resbaló y cayó de espaldas sobre uno de sus bastones, llevándose un fuerte golpe en la espalda que lo dejó aturdido e incapaz de reaccionar, mientras se deslizaba como un peso muerto por la pendiente.

scribo recostado en la cama de metal y aunque las paredes blancas intentan darme calma, el terror recurrente me ha hecho un prisionero de mí mismo y siempre recuerdo aquella visión.

Intento recordar cómo ocurrieron los acontecimientos que, poco a poco como un reloj de arena, me convirtieron en un reo de mis pesadillas y a veces nada parece tener sentido. Envuelto en una danza de horror, ciertas imágenes vienen a mí con claridad, taladran mi cerebro y siento el sonido del mar maniatándome, el sonido del viento conminándome a saltar desde un acantilado, el sonido de las olas reventando en los peñascos en los quedo destrozado.

Mi obsesión se inició a partir de la lectura de un libro que compré en una librería de segunda mano en un pueblito de Virginia llamado Manassas. El libro se llamaba El triángulo de las Bermudas, ¿mito o realidad?

Siempre me atrajeron el misterio, lo paranormal, el ocultismo, la reencarnación, los extraterrestres, los viajeros del tiempo, la telekinesis, los aviones y las personas que desaparecen bajo el misterio de las dudas y las hipótesis; soy un obsesionado con las Teorías de la conspiración.

Según el libro que compré, el cinco de diciembre de 1945 cinco bombarderos torpedo de la marina de los Estados Unidos salieron del aeropuerto de Fort Lauderdale, Florida. La Segunda Guerra Mundial tenía al menos tres meses de iniciada y el vuelo 19 debía realizar un mero ejercicio de rutina. Allan Kosnar, uno de los encargados de las ametralladoras tuvo un mal presentimiento y decidió no participar del vuelo y como tenía horas acumuladas como piloto se le permitió ausentarse.

El vuelo 19 surcó el cielo a las 2:00 pm en dirección hacia el Océano Atlántico. Era un viaje de menos de doscientas millas y a eso de las 3:15 pm el teniente Taylor se comunica con la torre de la estación naval de Fort Lauderdale:

–Esta es una emergencia…no podemos ver tierra firme –y desde la torre, el operador le interroga:

–¿Cuál es su posición? –a lo que Taylor contesta:

–No estamos seguros de nuestra posición.

El operador le dice que busque el Oriente primero y luego se dirija hacia el Este y Taylor le responde confundido:

–No sabemos en que dirección está el sur o el norte…todo se ve tan extraño, incluso el océano no luce como debería… estoy seguro de que estamos en los Cayos…

Minutos después Taylor dice que va a aterrizar de manera forzada sobre el mar y el avión pierde toda comunicación con la torre de control.

Una hora más tarde un aeroplano Martin Mariner con un equipo de rescate sale a buscar al vuelo 19. Peinan el Atlántico por un par de horas sin encontrar nada y, cuando ya oscurecía, el piloto recibe la orden de retornar, pero desde el Martin Mariner nadie contesta. Al igual que el vuelo 19, la mar, El triángulo de la Bermudas o el diablo mismo parecen haberse tragado otro avión entero y a su tripulación.

Aquí empieza la mitad de mi pesadilla: mi obsesión por saber la verdad. Para ello, mientras mantuve cierta lucidez, escribí datos del libro sobre El triángulo de las Bermudas y de otros textos:

El triángulo de las Bermudas tiene "líneas" trazadas de Florida a Bermuda, de Bermuda a Puerto Rico y de Puerto Rico de Florida.

También le llaman El triángulo del Diablo. Aquí hice una anotación y puse Triángulo D.

Se especula que hay un campo electromagnético que atrae a los aviones.

Se dice que hay olas inmensas de cien pies de altura que aterran a los pilotos y los desorientan.

Hay lluvias torrenciales y rayos que pulverizan a los aviones en segundos.

Es posible que algunas emanaciones de gases causen explosiones alcanzando a los aviones que vuelan a baja altura.

Existen textos antiguos mitológicos y diarios de navegantes que hablan de monstruos marinos gigantes.

⟩彡ƙ

Tomaba nota y escribía las opciones que me parecían más "lógicas" y las combinaba: olas inmensas con campos electromagnéticos, monstruos marinos gigantes y olas inmensas.

Los científicos, por supuesto con su raciocinio y pedantería habitual decían que era ridículo pensar en cualquiera de las hipótesis escritas arriba.

Cierta vez encontré un dato en un libro de 1901 titulado Carta particolare del mare Arabigo "la zona morta". Seguro muy pocos saben del viaje del almirante Himilgo en el año 500 antes de Cristo desde la ciudad de Cartago en el norte de África. Se dice que Himilco viajó muy lejos hacia el Este con lo que debió llegar sin duda hasta el Océano Atlántico. En sus notas Himilco dice:

–No hay viento que empuje el barco. Hay muchas algas entre las olas atrapando a los barcos. Monstruos agrestes asedian los barcos.

Los científicos podrán decir que Himilco jamás llegó al Océano Atlántico, pero hay exploradores que han encontrado monedas de Cartago en la costa de los Estados Unidos lo que al menos sugiere que los Cartagos quizás estuvieron en América antes que los Vikingos.

Si todo esto fuera verdad, pensé, quizás lo más lógico dentro de lo insólito de las desapariciones era que hubiera "algo" que atrapara a los aviones y barcos.

Tal vez algunos sepan que existe un océano llamado Sargazo, ubicado en un área con menos nubes, viento y lluvia y que reposa en el Océano Atlántico. Está de 30 a 70 grados latitud Este y de 20 a 35 grados latitud Norte. El Sargazo mide dos mil millas de largo y mil millas de ancho. El Océano Sargazo se encuentra en la parte central del Atlántico Norte y al Este de Bermuda.

Fueron estas notas y elucubraciones las que desgraciaron mi vida porque luego descubrí lo que descubrí ¿Qué pasaría si un avión aterrizaba forzosamente en este océano de aguas calmas o si un barco quedara atrapado en el Sargazo? ¿Serían capaces los sobrevivientes de escapar en botes o el Sargazo, como lo tentáculos de un pulpo gigante, los atraparía para siempre?

Recordaba de manera borrosa alguna historia de horror de H.P. Lovecraft ¿o era de Poe quizás? sobre quedar atrapado en un océano de algas a merced de un monstruo marino.

Una noche soñé que alguien se me acercaba para despertarme y me decía en inglés:

—Taylor, it's time to go —y la persona me sonreía y luego nos dirigíamos a un avión—. Today, you are the pilot in charge —me indicaba ese alguien y yo empezaba a sudar porque nunca había piloteado una nave.

Cuando despertaba me decía para calmarme que todo era una simple jugada de mi subconsciente por las lecturas que había hecho sobre El triángulo de las Bermudas.

El sueño se repitió con relativa frecuencia pero ya no me despertaba de inmediato, sino que ahora caminaba hasta el avión, lleno de dudas.

—Come on, Taylor! —me decía un compañero— ¿qué diablos te ocurre?

Me preguntaban y yo quería decirles que no sabía pilotear un avión y que yo no era yo sino otro ser metido dentro de un sueño. En mis sueños hablaba inglés sin acento y al ver el color de mi piel, me di cuenta de que no era yo. Realmente parecía ser Taylor y no Gerardo Gómez. En mis sueños yo era un hombre caucásico, algo lampiño con un ligero bigote marrón, alto y de complexión delgada.

A la noche siguiente la pesadilla recurrente me tuvo frente al avión y cuando me dijeron:

—Vamos, Taylor, súbete al jodido avión —y repliqué que no iba a subir al avión porque no sabía pilotear. Todos estallaron en una carcajada y parecían ahogarse, ¿de risa? ¿de burla?:

—Taylor, eres el mejor piloto que tenemos. Solo súbete al avión y si en realidad no sabes cómo pilotear te haces a un costado y lo haré yo —dijo uno de mis "compañeros" de vuelo.

Entonces, qué estúpidas son las pesadillas (y los sueños), subí al avión y ya en el asiento de tripulación me sentí en total control, conocía todos los mandos del avión: primarios y secundarios, el timón de profundidad para el control longitudinal, los alerones para el control lateral y el timón de dirección.

El despegue fue increíble. Parecía que había piloteado toda mi vida. Me sentí Dios, un pájaro de fuego gigante capaz de volar hasta el sol sin que mis alas ni nada en mí sufrieran los embates del astro incandescente.

Piloteaba tranquilo, pero apenas a la hora, sentí una sudoración extraña. Un calor luminoso me invadió y entonces empecé a perder el control del avión, los controles de mando no respondían ni las agujas de mi pantalla, nada parecía funcionar. Llamé a la torre de control y dije:

–Esto es una emergencia…no podemos ver tierra firme –y desde la torre el operador me contesta:

–¿Cuál es su posición –y yo, desconcertado, le respondo:

–No estamos seguros de nuestra posición.

El operador me pide que busque el Oriente primero y luego me dirija hacia el Este y le respondo confundido:

–No sabemos en que dirección está el sur o el norte…todo se ve tan extraño, incluso el océano no luce como debería… estoy seguro de que estamos en los Cayos.

Tras perder contacto con la torre de control, mis compañeros en el avión se desesperaron:

–Taylor, ¡rayos! ¿Qué pasa? ¿dónde estamos? ¡Nos vamos a estrellar! ¡Maldita sea, Taylor! ¡Nos vas a matar a todos!

Mi única opción era aterrizar en el océano. Entonces vi el mar y no era mar. Era un fango oscuro de agua y algas viscosas. Aun desde lejos, estaba seguro de que era un mar pestilente. El motor amenazaba apagarse y entonces decidí ir de manera suicida hacia el océano.

Estaba descendiendo cuando el mar se abrió en dos y desde allí, una bestia enorme como diez orcas juntas emergió del agua abriendo una boca-remolino. Tenía los ojos de fuego, el lomo lleno de escamas puntiagudas y un cuerpo azulado, brillante, aceitoso. Como una epifanía que se devela con amargura entendí que El triangulo de las Bermudas no era otra cosa que un monstruo enorme. El monstruo del cual había hablado un tiempo atrás no era una historia de Poe. Recordé que el monstruo se llamaba Dagón, el Dagón de H.P. Lovecraft. Y recordé la anotación que hice antes: El triángulo D.

Devorado por el mar y por Dagón perdí toda conciencia.

꒓𝈐𝈤

Cuando desperté estaba en un hospital militar en los Estados Unidos. Tenía ropas blancas. Me dijeron que había tenido suerte pues era el único sobreviviente del avión que desapareció en el triangulo de la Bermudas.

–Es usted afortunado, Taylor. Ha sobrevivido heroicamente una semana en el océano. Sin comida, sin agua… –me dijo un doctor y yo vociferé:

–Yo no me llamo Taylor. Yo soy Gerardo Gómez. Yo no soy Taylor, ni pertenezco a esta época. Puedo probarlo… –los doctores no me dijeron nada, como fingiendo interés.

–El cosmonauta soviético Yuri Gagarin estuvo en el espacio en el 62. El año 63 asesinaron al presidente John F. Kennedy. Y en 1968 el hombre llegó a la luna. Sí, fue en el 68 –afirmé.

Luego de mis enunciados futuristas que para mí eran hechos pasados, los doctores me pidieron que descanse y me suministraron somníferos.

–Conversaremos con calma. Tome este calmante. Estamos muy interesados en saber más sobre lo que nos contó, pero por ahora debe descansar –me dijeron mostrando interés.

A la mañana siguiente dos hombres de negro y atrás dos militares de alto rango estaban al lado de mi cama.

—Buenos días, teniente Taylor. La información sobre proyectos espaciales es clasificada, aunque es ridículo lo que dice sobre llegar a la luna, ¿Cómo está al tanto de los que hacen los rusos o harán los rusos?

—Yo no me llamo Taylor. Yo soy Gerardo Gómez. Lo de los rusos salió en todos los periódicos de 1963.

—Gouméz. Hoy es 12 de setiembre de 1945. ¿Y eso del presidente asesinado? ¿Ha tenido algunas vez ideas suicidas o ganas de herir mortalmente a alguien?

—Jamás. Mi apellido es Gómez.

Entiendo señor Gouméz, ¿Qué pasó en el avión que pilotaba?

—¿Es que no comprenden? Fue Dagón. Maldita sea, no lo entienden.

—Descanse, Taylor. Conversaremos con calma. Todo estará bien.

—Pedazo de imbécil. ¡Soy Gómez! ¡Gerardo Gómez!

Allí acabó la interrogación porque quise escapar de la habitación y me sujetaron dos mastodontes mientras otros dos me ponían una camisa de fuerza.

Los hombres de negro no volvieron más y yo sigo aquí desde hace más de un año. Recibo tratamiento psiquiátrico. De momento solo me aplican drogas porque no soy agresivo, pero el doctor me dice que tengo trastorno de personalidad que pretendo ser Gerardo Gómez, que han buscado todo los records con mi nombre y no existo.

Claro, ¿cómo voy a existir? En esta era solo soy un espejismo, mi tiempo no ha llegado. Mientras, he escrito miles de veces la palabra Temponauta en la pared. Hoy, mi única esperanza es una pesadilla, la peor de todas, una en la que Dagón (El triángulo D), realmente venga a mí y me libere de vivir, llevándome por fin, al mismo infierno.

El desierto es una criatura del abismo

Gerardo Lima

Gerardo Lima (México, 1988) es poeta, narrador e investigador. Ha sido becado por el PECDA y el FONCA en las categorías de novela y cuento. Los intereses de su obra abarcan el terror sobrenatural y cósmico, el new weird, la literatura de lo extraño y lo fantástico. Escribe para el portal Tierra Adentro, y colaboraciones suyas han aparecido en diversos medios. Ha sido ganador del Premio Nacional de Cuento Breve Julio Torri con su libro, Cosmos nocturno (FETA,2018). Actualmente cursa la Maestría en Literatura Hispanoamericana. Su investigación versa sobre escritoras de terror latinoamericanas.

135

l páramo amarillo del desierto se levanta ante mí como una sierpe enojada. El aire me falta en los pulmones, mis pupilas dilatadas. Pronto, lo sé, recibiré el aguijón de sus colmillos henchidos de veneno. Mientras tanto, mis músculos permanecen tensos en medio de la noche.

Camino un poco, pero aún me iluminan los faros de la camioneta. He olvidado cerrar la puerta. No creo que importe, no volveré a ella, a nada de lo que hasta ahora he conocido. Ni siquiera necesito la guía, el mapa de Magda. Digo algunas palabras, mis puños se encienden, los antebrazos arden. Lo he hecho correctamente. Para eso estoy aquí.

La luna desaparece. Se encienden todas las velas del cosmos. El desierto será para siempre amarillo.

פ אׄ ף

—¿Dónde escuchaste eso del Oscuro?

El Niño Oscuro. El Vientre de la Noche. La Madre Invertida. Son rumores que se han extendido por los pueblos hasta tocarme. La estancia en Monclova ha dado más frutos de los esperados. Además de la frescura en la piel, de los calores tremendos que me hacen temblar, está el desierto y Cuatro Ciénegas y las Dunas de Yeso. Y esto, el pueblo escondido donde se venera al Oscuro. Y Magda. Pero ella viene después.

—¿El oscuro tiene forma?

Ninguna que pueda grabarse. No hay efigie; símbolos sí. Los tres círculos concéntricos, el triángulo negro, las tres ondulaciones de las dunas. A veces, también lo llaman Señor Desierto. Los rumores dicen que los indios de la zona ya los conocían, además de los Huastecos y Chichimecas. Al norte, desde Apaches hasta Mohawks, lo temían. La tierra sabía de sus pasos, y algunos se atrevieron a seguir las huellas. El oscuro no tiene forma. El oscuro tiene la forma que desee.

—Y el templo, ¿puede entrarse a él?

No, no se puede, a menos que seas invitada, ni siquiera estoy seguro de que exista un pueblo donde se erija. El mismo Señor Desierto debe llamarte en sueños. Solo entonces te dejarán pasar.

—¿Las velas dedicadas al oscuro son negras, o también hay de otros colores?

Los hay, como con la Santa Muerte. Depende qué quieras pedirle. Es una tontería, las velas no sirven. Lo que le importa al oscuro es la luz de las llamas, y el olor a cabrito ahumado. Que suban los rescoldos, los símbolos en la tierra, entre las cenizas, y si hay suerte (una muy mala), el oscuro responde.

⊃Ϗ ֆ

Natalia sigue enojada conmigo. Dice que los ojos se me van cuando ella aparece. No se digna a llamarla por su nombre. Yo pienso que suena como a virgen hermosa de manto azul celeste, ella dice que no es cierto, que es el nombre de una mosca muerta. La verdad es que los ojos no puedo quitarle cuando se me atraviesa. Hasta antes de que ella llegara yo estaba seguro de que amaba a Natalia, la senda de su perfume, el aroma de sus pechos, el sabor de la piel de sus muslos, sus ojos profundos, el cabello lacio y caído hasta las nalgas, su forma provocativa, la serpiente de Natalia que ojos, dice, dicen, tiene solo para mí.

Yo los tenía solo para ella, hasta la llegada de Magda.

No es mi culpa, salgo a mi defensa. He luchado. La raíz del deseo se ha mantenido oculta, pero la de la admiración no deja de mostrarse. Ahora lo que se asoma cuando ella aparece es un árbol. Sus palabras siempre bonitas cuando se dirige a mí, sus ojos que me buscan y que me hacen perderme en ensoñaciones donde le construyo un altar y ahí arriba la coloco, no la desnudo ni pienso en otra cosa más que en sus ojos, en la figura alargada y cadenciosa de su rostro, su cabello que desciende como las dunas del desierto. Ella, de pelo negro, de piel tan clara y ojos de estrella. Magda no me deja dormir, y Natalia se da cuenta.

Recién me he preguntado cómo sería si la dejara. No había querido hacerme la pregunta, pero "has de convivir con tu mera sombra", me ha dicho una bruja con la que me ha mandado mamá, dizque para curarme lo pendejo. Le he dicho que eso no se cura, pero mamá piensa que Natalia me tiene embrujado, no por su cuerpo ni por sus ojos de pistache, sino por el agua de la seducción primera. Yo le he dicho que alucina, pero la bruja a la que vi, más por curiosidad que por convicción, ha confirmado las sospechas. Natalia me tiene embrujado. Sabe de la luz que emana de mi cráneo, arribita donde estaba la mollera. Ahí vive la fortuna, y ella piensa que puede moldearla. Es la senda dejada por un faro. Posibilidades. Grandeza. Dinero. Lo que quiera, siempre y cuando sepa guiar la estrella.

פ אׂ פ

En el comedor, un mapa. Es de la región. Aparece Monclova, las dunas, y más allá Saltillo, Monterrey, pero hay algo más. Es y no es esta zona. Magda me mira. ¿Qué piensas?, me señala con sus ojos, dos parpadeos. Siento que la vela que traigo atorada en el estómago es ya casi parafina. La llama está alta. ¿Qué pienso? Lo que ella quiera que piense.

La zona, es Coahuila y no es. ¿Tamaulipas? ¿De dónde sacaste el mapa?

Me dice la verdad, que ella siempre quiso ser antropóloga, pero le faltó el dinero, y la dedicación. Una vez iba a ser esposa. Luego, madre. Después, nada. Se quedó con los coágulos embarrados en el suelo de una casucha. Así mejor, para qué traer desgracias a este mundo.

La cosa no paró ahí. La mujer que la atendió tenía otros planes. La llevó afuera, al desierto, donde las llamas encendidas se tragaron los restos de su cuerpo que no fue. Tuvo miedo, después lo vio. La vieja le habló del oscuro, el Señor Desierto. No se le presenta a cualquiera, le dijo, tú has sido santificada. La muerte de tu vientre, ya se sabe. Un alacrán gordo y güero se atravesó en su camino. ¿Qué esperas?, le dijo la vieja, y ella entendió. El primer aguijonazo fue la muerte. Luego la calidez en sus venas, el desierto transmutado en noche, aunque era bien temprano todavía. El Señor Desierto como un cúmulo de gases cósmicos, frente a ella. Aquí estoy hija, búscame.

Magda se desmayó; al recuperarse escuchó la historia de la vieja. Tenía que encontrarlo, su santuario estaba en la región. En esa región que no es y sí es el desierto. Le iba a costar, desvelos, símbolos en el cielo, encuentros fortuitos. El camino, lo sabía, terminaría por abrirse. Sería cosa de esperar, aguardar el momento propicio para llegar al santuario.

Le pregunté a Magda qué es lo que buscaba, pero no quiso o no supo responderme. Tal vez nada, tal vez solo quiere entrar a los palacios del dios negro, y ahí dejarse hacer por la oscuridad. A veces, es lo que yo mismo quiero.

אֲךְ

Las veladoras esas que busca no las tengo. Ni debe existir el santito ese que dice. Aquí les tenemos respeto a todos, pero no se quiera pasar de pendejo. Le digo que negro, negro, aquí no hay nada. Y no debería buscarle. Estamos a mitad del abismo, señor, y mejor ser ignorante y pendejo, que muy sabiondo e informado. No para estos casos. Más le haría bien el colgarse algo de platita, unos cuarzos, la llave de Loyola, la Cruz de Caravaca. ¿No? Entonces usted busca que se lo lleve el diablo.

אֲךְ

Las fuentes de esta investigación, si bien es cierto, son amplias, en el último tema tratado, el de este particular santo popular, son poco confiables. Se sabe que nuestra labor como antropólogos nos lleva a obtener ciertos elementos dados por nuestros informantes. No hay nada de malo en ello. Hay temas, todos lo saben, cuya naturaleza requiere forzosamente estos acercamientos. Sin embargo, pocas entrevistas me han sido concedidas. La última me parece la más interesante, a pesar del contexto en el que fue tomada, pues el Padre M., quien me pidió permanecer anónimo, realizaba un exorcismo cuando finalmente se decidió a hablarme del oscuro.

אֲךְ

…Oscuro, hijo. No debe buscarse, se lo advierto… Hijo de Satán, ¡en nombre del Areopagita yo te convoco!, ¡dime tu nombre, engendro! Pues ya ve cómo funciona esto… El maligno con los cuerpos. Con las almas… ¡Despréndete del cuerpo de este, quien no te ha sido dado, para regresar al chiquero del que has venido!... lo he escuchado, si lo quiere saber, pero ha sido así… Los exorcismos, demasiados, no podemos esperar la respuesta de la Santa Sede… ¡Hijo de Belcebú, retrocede!... Pues estaríamos perdiendo el tiempo, y lo de aquí, ya ve, es sobre salvar almas… La suya no debe perderse. No busque al oscuro… En el desierto, hijo, en el desierto, encima de Monclova, hacia Frontera… No el pueblo, hacia Tierra Grande. El Norte de los Nortes… Ahí, el Señor Desierto… ¡No son mis palabras, son las del Hijo del Enemigo!... ¡No vayas, no vayas al Desierto!

צָאֵלָֹי

He querido dejarle la camioneta, pero Natalia no quiso aceptarla. Me he disculpado por los años, por el proyecto fallido. Aunque nunca había tropezado, no así, no de esta forma, no tiene importancia, pues he reculado hacia el final, cuando nos faltaba tan poco. Yo lo sé. "Y si lo sabes, ¿por qué te largas, hijo de puta?" Por pendejo, le he dicho. Por pendejo, pero también porque quiero hacerlo bien, pese a todo. Odiaría engañarla. La amo, siento que la amo, pero mis ojos se han desviado, y yo ya no puedo quitarle mis pupilas a Magda. Ni siquiera en los sueños la pierde mi mirada. A ella voy. No importa cuál sea su respuesta. Si no me quiere en su vida, yo me largo, pero no tendría caso alguno quedarme con Natalia. Para qué las sobras. No es justo para ella, ni para mí tampoco.

Me voy a un departamento que he rentado. He acomodado las cosas como he podido. Y entonces, una llamada. La voz más dulce que he escuchado en mi vida. —¿Dónde estás? ¿Puedo ir a verte?

—Claro que puedes. Te he esperado toda la vida.

Abro la puerta y ahí están sus ojos rasgados hasta el infinito, el eterno delirio de su boca, el tono tan oscuro y profundo de sus pupilas. Ahora es ella a quien amo, lo sé desde este momento, así que la abrazo y siento su latido junto al mío. Sigo el mohín de sus labios, y luego el jugueteo de su lengua. Me convenzo entonces de que me quiere, de que puedo jugar bajo su cuello, y aún permanecer en la partida.

פאֿ

No sé qué hora de la noche debe ser. En la ventana algo ilumina los árboles y allá lejos las montañas. Pienso que debe ser la luna u otra cosa. He escuchado sobre el desierto nocturno que se convierte en día y viceversa. Estoy cada vez más cerca. La prueba es que aquí está Magda, suspirando apenas sobre mi brazo. La ternura de su expresión me ha desarmado. Ya toda ella lo había hecho. Si en este momento me dejara yo me volvería loco, pero también estaría agradecido. Eso sí, no podría seguir viviendo después de haber pasado por esto, por sus ojos y su pecho.

—Magda, quisiera saber un poco más sobre el santuario, la región donde habita ese templo. ¿Sabrás, de verdad, dónde se encuentra?

Extiendo mis dedos para irrigarlos de sangre. Magda suspira de nuevo, y la idea que de pronto ha nacido, por un instante, se desvanece. Me apena ya, a pesar de su fugacidad. He sentido miedo. Miedo de Magda, como si ella supiera algo más, como la arena que no se puede aprehender entre las palmas. Yo, con ella, sí puedo. Mi otra mano se asegura de ello. La toco como si tocara una pieza de seda, o un caballo bronco. No sé cómo hacerlo, cómo atreverme a ser con y en ella. Sus ojos se mueven y su boca se levanta. Su aliento dulce en mi cara, y luego su sonrisa, un beso. ¿Sabrás dónde está el santuario del desierto? Poco importa, pues he encontrado el mío entre sus labios.

פאֿ

Mamá lo dijo. Sé que lo hizo. Alguna vez. No te acerques a esa zona. Pasando los túmulos. En la carretera. Donde miran las montañas a las planicies como si tuvieran hambre de ellas. Alguna vez la tierra fue otra cosa. Estaba en otra posición. Las montañas estaban más altas, y en lugar de desierto había un mar profundo. Los estratos aún permanecen. Viejos reptiles anidaron en las cuevas

141

de las montañas. Ahora en ellas se atisba una cultura demasiado vieja. No somos los únicos. Ellos bajaron de las estrellas cuando el mundo aún era demasiado joven. Se mantienen los altares, a pesar de las edades. El tiempo es inconmensurable, y sin embargo la piedra permanece. Es eso lo que adoran.

Me han contado, en alguna parte, que algunos artesanos bien capacitados de la región heredaban piedras como esas, piedras negras que podían tallar. Las piezas sobrantes las raspaban hasta hacerlas polvo. El polvo lo extendían en el desierto, en las dunas, y el aire movía entonces un recuerdo muy anciano que se extendía por toda la tierra.

Ese polvo negro no se quedaba quieto, sino que se iba con el aire hasta llegar a un punto, el lugar donde habían bajado esas piedras, esos viejos habitantes de otras eras, otros espacios. Ahí estaba su templo. Ahí sigue estándolo. El Señor del Desierto.

Estoy seguro de que, en el escritorio de su estudio, una piedra negra aguarda a ser tocada, raspada, esparcida, por los dedos expertos de Magda.

פ אא ל

El recuerdo de Natalia. Su mirada, triste y preocupada cuando saqué mis cosas de la casa, aún me persigue. Pienso en ella en este momento, y ahora estoy seguro de que estoy traicionando a Magda. ¿Por qué el peligro? Es el abismo o son sus ojos, da igual. Ya es demasiado tarde.

He escrito un mensaje en el celular. Aquí, en el desierto, la señal viene y va. No importa si lo logro, en caso de necesitarlo. Con escribirlo es suficiente.

Sigo el camino, el celular permanece en el fondo de mis bolsillos. Magda ha vuelto a subirse. Nos hemos detenido un instante para que examinara el terreno. Lleva el mapa. Estamos tan cerca del oscuro. En sus labios la emoción, y en mi pecho el nerviosismo. ¿Qué es lo que uno hace cuando se enfrenta a lo ominoso?

He decidido seguir. En primera, por miedo a dejar a Magda sola. En segunda, por la curiosidad. Me ha seguido durante tanto tiempo que… quiero saber de él. La veladora dorada es la única apropiada para el Señor del Desierto. En la imagen de la etiqueta tan solo las dunas y un sol negro. Ese el abismo, San Oscuro.

Vamos por donde Magda me dice. El camino es tortuoso y pierdo la orientación varias veces. No importa, ella sabe guiarme. Así que me abandono a sus instrucciones. Las dunas son cada vez más blancas, hasta que llegamos muy profundo en el desierto. Abro la boca, la arena otra vez es amarilla, resplandece, así que acelero. Algo negro en la arena delata la presencia de la roca negra. Aquí descendieron, hace millones de años, los primeros habitantes.

Magda murmura algo parecido a una oración.

De pronto, la noche. Apenas me he distraído con su boca y sus labios, cuando se me escapa el exabrupto. ¡El día en oscuridad! ¡La arena resplandece! El sol es un faro de luz negra. Está pasando. No sé cómo, si ha sido Magda, si es el lugar, si es el destino, pero aquí estamos.

El temor me arriba a las manos, me golpea las piernas. Así que aprieto el acelerador. Magda grita. Debemos parar. Sus uñas como garras. Su cuerpo contra el mío. Un golpe, el volantazo, la arena contra el parabrisas. Nos detenemos. Me duele el pecho y las manos.

⟩𝕂 𝕡

Camino por la noche y miro hacia el páramo amarillo del desierto. Aún me iluminan los faros de la camioneta. He olvidado cerrar la puerta. No creo que importe, no volveré a ella, a nada de lo que hasta ahora he conocido.

Magda. ¿Dónde está? ¿Se la habrá tragado la arena?

Continúo mi camino, no quiero estar en este abismo, esta hondonada donde la arena se ha vuelto tan fina que tengo la sensación de ser tragado por ella.

Magda. Sus ojos como abismos. Su guía. Los templos.

Un grito. Una mujer. Trato de avanzar más, de dejar la camioneta detrás, olvidarme de todo, del Señor del Desierto, de San Oscuro. Ahora, lo sé, es imposible.

No es necesario que me acerque a las montañas, son ellas las que se han aproximado. Crecen, se extienden hacia la cúpula negra de los cielos, y se levanta su tierra y polvo para conjuntarse con el de

143

las estrellas oscurecidas. Veo las formas de las nebulosas, lo que forman. La arena es un remolino donde el oscuro, único Hijo y Padre, Hija y Madre, de la Noche, se levanta.

Llama con la voz de todos los desiertos, Magda aparece junto a mí. Ha estado siempre, siempre, a mi lado. Ella es la acólita del Desierto. Y será recompensada. Ha sabido levantar los cimientos de los templos. Necesitaba sangre, la de un investigador, si era posible, la de un señalador de los símbolos antiguos. Para eso me necesita, como argamasa para los cimientos del Nuevo Mundo. Una veladora encendida, dorada, no es para adorar al oscuro, sino para todo lo contrario. Eso debe saberlo Natalia. Una veladora dorada te protegerá del Señor del Desierto. Me hubiera gustado escribir eso también en el mensaje para Natalia. No hay tiempo, así que busco el aparato maltrecho y mando el mensaje. Después me pierdo en el abismo. Su tono es como el color de los ojos de Magda.

Dagón

H.P. Lovecraft

Howard Phillips Lovecraft nació el 20 de agosto de 1890 en Providence, Rhode Island, Estados Unidos. Fue un gran innovador del cuento de terror gracias a su singular tratamiento de la narrativa y la atmósfera de sus historias, que acercó el género a la ciencia-ficción. Hijo único de Winfield Scott Lovecraft y de Sarah Susan Phillips, cuando tenía tres años, su padre sufrió una crisis nerviosa en la habitación de un hotel de Chicago y fue ingresado en un centro psiquiátrico de Providence, siendo incapacitado legalmente. Lovecraft dedicaba su tiempo a la lectura, la astronomía y a cartearse con otros aficionados a la literatura macabra. Su prosa está influenciada por Lord Dunsany, William H. Hodgson, Arthur Machen y Edgar Allan Poe. A los dieciséis años empezó una columna de astronomía para el Providence Tribune. De 1908 a 1923 ganaba algo de dinero escribiendo ocasionalmente relatos para revistas de poca tirada, como Weird Tales. Diez años más adelante, su obra empezó a interesar a mucha gente. Sus relatos hablan de fuerzas malignas, cuestiones psíquicas y mundos oníricos donde el tiempo y el espacio se entrecruzan. Los mitos de Cthulhu y Dagón son algunos de sus textos más conocidos. Sus relatos se recopilaron en varios volúmenes póstumos, entre los que figuran El extraño y otros cuentos (1939) y El cazador en la oscuridad y otros cuentos (1951). Sus novelas cortas más leídas son El caso de Charles Dexter Ward (1928), En las montañas de la locura (1931) y La sombra sobre Insmouth (1936). H.P Lovecraft murió de cáncer intestinal en el hospital Jane Brown Memorial, de Providence el 15 de marzo de 1937.

scribo esto bajo una fuerte tensión mental, ya que cuando llegue la noche habré dejado de existir. Sin dinero, y agotada mi provisión de droga, que es lo único que me hace tolerable la vida, no puedo seguir soportando más esta tortura; me arrojaré desde esta ventana de la buhardilla a la sórdida calle de abajo. Pese a mi esclavitud a la morfina, no me considero un débil ni un degenerado. Cuando hayan leído estas páginas atropelladamente garabateadas, quizá se hagan idea -aunque no del todo- de por qué tengo que buscar el olvido o la muerte.

Fue en una de las zonas más abiertas y menos frecuentadas del anchuroso Pacífico donde el paquebote en el que iba yo de sobrecargo cayó apresado por un corsario alemán. La gran guerra estaba entonces en sus comienzos, y las fuerzas oceánicas de los hunos aún no se habían hundido en su degradación posterior; así que nuestro buque fue capturado legalmente, y nuestra tripulación tratada con toda la deferencia y consideración debidas a unos prisioneros navales. En efecto, tan liberal era la disciplina de nuestros opresores, que cinco días más tarde conseguí escaparme en un pequeño bote, con agua y provisiones para bastante tiempo.

Cuando al fin me encontré libre y a la deriva, tenía muy poca idea de cuál era mi situación. Navegante poco experto, sólo sabía calcular de manera muy vaga, por el sol y las estrellas, que estaba algo al sur del ecuador. No sabía en absoluto en qué longitud, y no se divisaba isla ni costa algunas. El tiempo se mantenía bueno, y durante incontables días navegué sin rumbo bajo un sol abrasador, con la esperanza de que pasara algún barco, o de que me arrojaran las olas a alguna región habitable. Pero no aparecían ni barcos ni tierra, y empecé a desesperar en mi soledad, en medio de aquella ondulante e ininterrumpida inmensidad azul.

El cambio ocurrió mientras dormía. Nunca llegaré a conocer los pormenores; porque mi sueño, aunque poblado de pesadillas, fue ininterrumpido. Cuando desperté finalmente, descubrí que me encontraba medio succionado en una especie de lodazal viscoso y negruzco que se extendía a mi alrededor, con monótonas ondulaciones hasta donde alcanzaba la vista, en el cual se había adentrado mi bote cierto trecho.

Aunque cabe suponer que mi primera reacción fuera de perplejidad ante una transformación del paisaje tan prodigiosa e inesperada, en realidad sentí más horror que asombro; pues había en la atmósfera y en la superficie putrefacta una calidad siniestra que me heló el corazón. La zona estaba corrompida de peces descompuestos y otros animales menos identificables que se veían emerger en el cieno de la interminable llanura. Quizá no deba esperar transmitir con meras palabras la indecible repugnancia que puede reinar en el absoluto silencio y la estéril inmensidad. Nada alcanzaba a oírse; nada había a la vista, salvo una vasta extensión de légamo negruzco; si bien la absoluta quietud y la uniformidad del paisaje me producían un terror nauseabundo.

El sol ardía en un cielo que me parecía casi negro por la cruel ausencia de nubes; era como si reflejase la ciénaga tenebrosa que tenía bajo mis pies. Al meterme en el bote encallado, me di cuenta de que sólo una posibilidad podía explicar mi situación. Merced a una conmoción volcánica el fondo oceánico había emergido a la superficie, sacando a la luz regiones que durante millones de años habían estado ocultas bajo insondables profundidades de agua. Tan grande era la extensión de esta nueva tierra emergida debajo de mí, que no lograba percibir el más leve rumor de oleaje, por mucho que aguzaba el oído. Tampoco había aves marinas que se alimentaran de aquellos peces muertos.

Durante varias horas estuve pensando y meditando sentado en el bote, que se apoyaba sobre un costado y proporcionaba un poco de sombra al desplazarse el sol en el cielo. A medida que el día avanzaba, el suelo iba perdiendo pegajosidad, por lo que en poco tiempo estaría bastante seco para poderlo recorrer fácilmente. Dormí poco esa noche, y al día siguiente me preparé una provisión de agua y comida, a fin de emprender la marcha en busca del desaparecido mar, y de un posible rescate.

A la mañana del tercer día comprobé que el suelo estaba bastante seco para andar por él con comodidad. El hedor a pescado era insoportable; pero me tenían preocupado cosas más graves para que me molestase este desagradable inconveniente, y me puse en marcha hacia una meta desconocida. Durante todo el día caminé constantemente en dirección oeste guiado por una lejana colina que descollaba por encima de las demás elevaciones del ondulado desierto. Acampé esa noche, y al día siguiente proseguí la marcha hacia la colina, aunque parecía escasamente más cerca que la primera vez que la descubrí. Al atardecer del cuarto día llegué al pie de dicha elevación, que resultó ser mucho más alta de lo que me había parecido de lejos; tenía un valle delante que hacía más pronunciado el relieve respecto del resto de la superficie. Demasiado cansado para emprender el ascenso, dormí a la sombra de la colina.

No sé por qué, mis sueños fueron extravagantes esa noche; pero antes que la luna menguante, fantásticamente gibosa, hubiese subido muy alto por el este de la llanura, me desperté cubierto de un sudor frío, decidido a no dormir más. Las visiones que había tenido eran excesivas para soportarlas otra vez. A la luz de la luna comprendí lo imprudente que había sido al viajar de día. Sin el sol abrasador, la marcha me habría resultado menos fatigosa; de hecho, me sentí de nuevo lo bastante fuerte como para acometer el ascenso que por la tarde no había sido capaz de emprender. Recogí mis cosas e inicié la subida a la cresta de la elevación.

Ya he dicho que la ininterrumpida monotonía de la ondulada llanura era fuente de un vago horror para mí; pero creo que mi horror aumentó cuando llegué a lo alto del monte y vi, al otro lado, una inmensa sima o cañón, cuya oscura concavidad aún no iluminaba la luna. Me pareció que me encontraba en el borde del mundo, escrutando desde el mismo canto hacia un caos insondable de noche eterna.

En mi terror se mezclaban extraños recuerdos del Paraíso perdido, y la espantosa ascensión de Satanás a través de remotas regiones de tinieblas.

Al elevarse más la luna en el cielo, empecé a observar que las laderas del valle no eran tan completamente perpendiculares como había imaginado. La roca formaba cornisas y salientes que proporcionaban apoyos relativamente cómodos para el descenso; y a partir de unos centenares de pies, el declive se hacía más gradual. Movido por un impulso que no me es posible analizar con precisión, bajé trabajosamente por las rocas, hasta el declive más suave, sin dejar de mirar hacia las profundidades estigias donde aún no había penetrado la luz.

De repente, me llamó la atención un objeto singular que había en la ladera opuesta, el cual se erguía enhiesto como a un centenar de yardas de donde estaba yo; objeto que brilló con un resplandor blanquecino al recibir de pronto los primeros rayos de la luna ascendente. No tardé en comprobar que era tan sólo una piedra gigantesca; pero tuve la clara impresión de que su posición y su contorno no eran enteramente obra de la Naturaleza. Un examen más detenido me llenó de sensaciones imposibles de expresar; pues pese a su enorme magnitud, y su situación en un abismo abierto en el fondo del mar cuando el mundo era joven, me di cuenta, sin posibilidad de duda, de que el extraño objeto era un monolito perfectamente tallado, cuya imponente masa había conocido el arte y quizá el culto de criaturas vivas y pensantes.

Confuso y asustado, aunque no sin cierta emoción de científico o de arqueólogo, examiné mis alrededores con atención. La luna, ahora casi en su cenit, asomaba espectral y vívida por encima de los gigantescos peldaños que rodeaban el abismo, y reveló un ancho curso de agua que discurría por el fondo formando meandros, perdiéndose en ambas direcciones, y casi lamiéndome los pies donde me había detenido. Al otro lado del abismo, las pequeñas olas bañaban la base del ciclópeo monolito, en cuya superficie podía distinguir ahora inscripciones y toscos relieves. La escritura pertenecía a un sistema de jeroglíficos desconocido para mí, distinto de cuantos yo había visto en los libros, y consistente en su mayor parte en símbolos acuáticos esquematizados tales como peces, anguilas, pulpos, crustáceos, moluscos, ballenas y demás. Algunos de los caracteres representaban evidentemente seres marinos desconocidos para el mundo moderno, pero cuyos cuerpos en descomposición había visto yo en la llanura surgida del océano.

Sin embargo, fueron los relieves los que más me fascinaron. Claramente visibles al otro lado del curso de agua, a causa de sus enormes proporciones, había una serie de bajorrelieves cuyos temas habrían despertado la envidia de un Doré. Creo que estos seres pretendían representar hombres… al menos, cierta clase de hombres; aunque aparecían retozando como peces en las aguas de alguna gruta marina, o rindiendo homenaje a algún monumento monolítico, bajo el agua también. No me atrevo a descubrir con detalle sus rostros y sus cuerpos, ya que el mero recuerdo me produce vahídos. Más grotescos de lo que podría concebir la imaginación de un Poe o de un Bulwer, eran detestablemente humanos en general, a pesar de sus manos y pies palmeados, sus labios espantosamente anchos y fláccidos, sus ojos abultados y vidriosos, y demás rasgos de recuerdo menos agradable. Curiosamente, parecían cincelados sin la debida proporción con los escenarios que servían de fondo, ya que uno de los seres estaba en actitud de matar una ballena de tamaño ligeramente mayor que él. Observé, como digo, sus formas grotescas y sus extrañas dimensiones; pero un momento después decidí que se trataba de dioses imaginarios de alguna tribu pescadora o marinera; de una tribu cuyos últimos descendientes debieron de perecer antes que naciera el primer antepasado del hombre de Piltdown o de Neanderthal. Aterrado ante esta visión inesperada y fugaz de un pasado que rebasaba la concepción del más atrevido antropólogo, me quedé pensativo, mientras la luna bañaba con misterioso resplandor el silencioso canal que tenía ante mí.

Entonces, de repente, lo vi. Tras una leve agitación que delataba su ascensión a la superficie, la entidad surgió a la vista sobre las aguas oscuras. Inmenso, repugnante, aquella especie de Polifemo saltó hacia el monolito como un monstruo formidable y pesadillesco, y lo rodeó con sus brazos enormes y escamosos, al tiempo que inclinaba la cabeza y profería ciertos gritos acompasados. Creo que enloquecí entonces.

No recuerdo muy bien los detalles de mi frenética subida por la ladera y el acantilado, ni de mi delirante regreso al bote varado... Creo que canté mucho, y que reí insensatamente cuando no podía cantar. Tengo el vago recuerdo de una tormenta, poco después de llegar al bote; en todo caso, sé que oí el estampido de los truenos y demás ruidos que la Naturaleza profiere en sus momentos de mayor irritación.

Cuando salí de las sombras, estaba en un hospital de San Francisco; me había llevado allí el capitán del barco norteamericano que había recogido mi bote en medio del océano. Hablé de muchas cosas en mis delirios, pero averigüé que nadie había hecho caso de las palabras. Los que me habían rescatado no sabían nada sobre la aparición de una zona de fondo oceánico en medio del Pacífico, y no juzgué necesario insistir en algo que sabía que no iban a creer. Un día fui a ver a un famoso etnólogo, y lo divertí haciéndole extrañas preguntas sobre la antigua leyenda filistea en torno a Dagón, el Dios-Pez; pero en seguida me di cuenta de que era un hombre irremediablemente convencional, y dejé de preguntar.

Es de noche, especialmente cuando la luna se vuelve gibosa y menguante, cuando veo a ese ser. He intentado olvidarlo con la morfina, pero la droga sólo me proporciona una cesación transitoria, y me ha atrapado en sus garras, convirtiéndome irremisiblemente en su esclavo. Así que voy a poner fin a todo esto, ahora que he contado lo ocurrido para información o diversión desdeñosa de mis semejantes. Muchas veces me pregunto si no será una fantasmagoría, un producto de la fiebre que sufrí en el bote a causa de la insolación, cuando escapé del barco de guerra alemán. Me lo pregunto muchas veces; pero siempre se me aparece, en respuesta, una visión monstruosamente vívida. No puedo pensar en las profundidades del mar sin estremecerme ante las espantosas entidades que quizá en este instante se arrastran y se agitan en su lecho fangoso, adorando a sus antiguos ídolos de piedra y esculpiendo sus propias imágenes detestables en obeliscos submarinos de mojado granito. Pienso en el día que emerjan de las olas, y se lleven entre sus garras de vapor humeantes a los endebles restos de una humanidad exhausta por la guerra… en el día en que se hunda la tierra, y emerja el fondo del océano en medio del universal pandemonio.

Se acerca el fin. Oigo ruido en la puerta, como si forcejeara en ella un cuerpo inmenso y resbaladizo. No me encontrará. ¡Dios mío, esa mano! ¡La ventana! ¡La ventana!

Tabla de contenido

OTROS TÍTULOS DE
EDITORIAL RAÍCES LATINAS

El azul del Mediterráneo, un viaje ancestral (2019)

Raíces latinas (2012)

Exiliados (2015)

Mirando al sur (2019)

El fuego en la niebla (2019)

Las hermanas Alba (2020)

Colección Domus Gothica

Proyecto Usher, un homenaje a Edgar Allan Poe (2020)

Expedientes Morgue (2021)